我们只是讲道理

三表 著

中信出版集团 · 北京

图书在版编目（CIP）数据

我们只是讲道理/三表著. -- 北京：中信出版社，
2018.7

ISBN 978-7-5086-8927-2

I. ①我… II. ①三… III. ①随笔－作品集－中国－
当代②杂文集－中国－当代 IV. ①I267.1

中国版本图书馆CIP数据核字（2018）第095679号

我们只是讲道理

著　　者：三　表
出版发行：中信出版集团股份有限公司
　　　　　（北京市朝阳区惠新东街甲4号富盛大厦2座　邮编　100029）
承 印 者：北京通州皇家印刷厂

开　　本：880mm×1230mm　1/32　　印　　张：10　　字　　数：167千字
版　　次：2018年7月第1版　　　　　 印　　次：2018年7月第1次印刷
广告经营许可证：京朝工商广字第8087号
书　　号：ISBN 978-7-5086-8927-2
定　　价：58.00元

目录

营销"参考"套路

生活，燃和丧的轮换

文化的缺位

与世界分享你刚编的经历

/

三表其人

序

在追求"快"的时代，我们"慢"下来

都说"十月怀胎"难，我出一本书用了三十多年岂不更难？

我自诩是个小文人。文人能出本书，当然是对笔耕生涯的一个重要交代。尤其这次，能获业内口碑极佳的中信出版社青眼，更是荣幸之至。

这本书是我的微信公众号"三表龙门阵"近五年来的精选文章合集。写时评的人，常跟热点，最怕的就是文章速朽，似乎事件一结束，观点也就寿终了。但这次，我能从数百篇文章中，挑出一些集结成书，就是因为坚信信息爆炸的时代，有些道理不会过时，它值得被留下，供读者品评、思考。

我思考了许久，最终决定把书名定为《我们只是讲道理》。

"讲道理"渐渐成为当下写作群中的异类。如你所见，消费情绪、收割焦虑、横贴标签，是如今讨喜的写作手法。生活节奏加快，时间逐步碎片化，人们阅读似乎只追求一个"爽"感，替我骂够不着的人，替我把那帮讨厌的人归类，替我设立精准的鄙视链条，总之写作者成了大众情绪阀门的操纵者，冷静下来，慢讲道理，变得越来越奢侈。

我力求自己做到"不争不闹讲道理，没有独特见解不动笔"，竟被一些读者夸奖为"三观正"，他们甚至担忧道："你三观这么正，红不了的。"

如果"红"要违背自己的良知与一贯坚守的品位，那我要那"红"有何用？

如果，"江歌事件"中，为了赢得社会主流的共鸣，一味妖魔化刘

鑫，那写字人独立思考的品质在哪？

如果，"圣母×"这样的标签满天飞，成为流行，你也加入其中，那写字人清雅的品位在哪？

如果，动辄为巨头公司唱赞歌，发布个新品就欢呼雀跃，那写字人的审慎旁观视角在哪？

如果，总把犀利的笔矛对准弱势的个体，极尽嘲笑、讥讽之能事，那写字人铁肩担道义的勇气又在哪？

文章千古事，得失寸心知。作者皆殊列，名声岂浪垂。面对公众写作，但求一个心安不作恶罢了。

我蛮怀念儒生备受推崇的时代，一群立言、立德、立功的赤子，他们的理念当然有分野，但讲道理，可辩论，而不是挟粉丝自重，媚俗媚市场。

我写作《我们只是讲道理》这本书，初心就是，在追求"快"的时代，我们"慢"下来把道理掰开揉碎了说。我们讲道理绝不是快速见收益的事，我们讲道理是受益终生的事。

最后，我要感谢与我一直坚持正念的读者（表友们），是你们让我知道我永不独行。

我要感谢四番群、检讨群的群友，你们是我的良师益友，我每次写文、做事，都要想想在你们那儿能过得去吗？谢谢你们，让我有信心坚守值得骄傲、奉行一生的价值观。

我要感谢我的夫人沈敏，你是这世上最不讨人厌的审查官，有些钱递到手里，咱也不要，贫且欢乐，这是你教我的。

最后感谢中信出版社。

互联网的
照妖镜

互联网思维是一面照妖镜

谁也没互联网思维活得累，2013年它几乎接受了你能想到的所有体位的凌辱！它与"小姐"等词汇一样在我们这个神奇的国度被严重误读！于独特体位而言，全民妖魔化的背景下，阿表必须予以当头棒喝彰显品位不流俗；于理而言，互联网思维还是个孩子，是时候给它来个平反了！

互联网思维是一个"体词性偏正词组"，类似的词组还有：胖师傅、野生动物、爱头条的汪峰等等。这些词组的鲜明特征就是定语从领属、范围、质料、形式、性质等方面对中心语进行限制或描述！主体思维、情色思维、鸵鸟思维这些词和大家都脸熟，互联网思维凭什么就该蓬头垢面和你们假装不认识呢？

反对互联网思维的人往往都备受互联网恩泽，笔下流淌的是互联网文字，脑中意淫的是指导互联网大佬迈向更高的阶梯，回归世俗生活又为了省个块儿八毛在各大网店穿梭比价。就是这帮触动手机比触动他们灵魂还难的人成为打击互联网思维的主力军。

他们为什么反对互联网思维？因为这词儿来自民间，它是由一群创业者定义，它成为浸淫互联网的人群从自身感受出发达成的模糊共识，它从一出生就没有名门正派的范儿。假如互联网思维是由KK（凯文·凯利）、波兹曼、乔布斯这些大牛定义，可想而知，那些喜爱吸收国外互联网理论尾气的思想者们必然奉为圭臬，你若是再反对互联网思维就很危险，你会被认为是哗众取宠，你会被认为是门外汉，整不好把你当成异端绑起来做烧烤！

"互联网思维"一词由民间语境跨入政治语境发生在2013年11月3日。当日的《新闻联播》头条播出的报道《互联网思维带来了什么》使这个专业领域词汇变得大众都知晓了，过年回家你可能要给七大姑八大姨多费些口舌解释。由于人们对某些宣教方式的积怨与天然的抵触，互联网思维反而更被矮化。于是互联网思维这个倒霉孩子先是因为出身卑微被嘲弄，后又因宣教色彩被踩踏！

反对互联网思维的人不仅有情绪宣泄的需求，同时对事与思维不能做到区别对待。很多人因为讨厌黄太吉、雕爷牛腩、小米的高调宣传，或者因煎饼难吃、牛腩坑爹、小米浮夸而怪罪互联网思维。上面提到的商家在过去的一年中都被贴上了互联网思维的标签。作为站在明处、做出点成绩的靶子，反对者以它们不能代表互联网思维或是夸大了互联网思维为由进行了狠狠狙击。可不容置疑的一点是，黄太吉们在用互联网思维去改进传统制造生产，又用互联网思维去优化产品，还用互联网思维将传统制造方式生产出来的产品兜售出去！黄太吉和路边卖煎饼大果子的肯定不是一套思维（说到味道如何，咱可以写一篇美食评测文单说，这玩意儿本来就众口难调），很多传统手机厂商在学小米（包括粉丝社群运营），也是给自己扎了一针互联网思维强身健体。

参差多态乃幸福本源，互联网思维并没有准确、恒久的定义，亦没有清晰的共识，一千个人心中有一千个互联网思维的定义，口诛笔伐的背后藏着的是"彼所为未达己所欲"的落差感。互联网思维会随着互联网的发展不断完善，现在谁也别装，我们都是在盲人摸象，你摸到腿了就奔呼：欧也！我得到互联网思维的真谛了！他摸到象根了也告知天下：互联网思维的精髓已被我一手掌握！反对互联网思维的人着了经验主义的道，内心极度渴望话语霸权；反对互联网思维的人还有一种精英主义倾向，例如拿星巴克比黄太吉，这就相当于拿德甲比中超，拿自个当外宾！互联网思维也分发展阶段，黄太吉们可能只是处于初级阶段，星巴克发育好已经进入中阶，它们只是互联网思维链条上的不同发展状态。

互联网思维热起来，抱大腿的企业开始增多，有运用得当的，有只学到皮毛的，慧根不同，阿表觉得这个现象也很正常。有人说骗子太多，把互联网思维搞臭了，这纯属因果倒置，贼那么多把iPhone（苹果手机）搞臭了吗？咱国足学过巴西，最后还是那个奶奶样，把桑巴足球搞臭了吗？

互联网思维真是一面照妖镜，有人想到用它改变青楼，有人心中的青楼只是123买单，这就是区别！

乐视或有救，但蠢是绝症

一个平均阅读量不过三位数的养生号放出消息——"爆炸：孙正义宣布软银集团出资200亿美元全力投资贾跃亭乐视"。

200亿美元是没有的，倒是炸出了不少"智障"，我方连续放出冷却、眩晕技能都挡不住他们在朋友圈疯狂转发、输出。

敌方派出养生号，这就团灭了，贵圈都是脆皮。

有个问题挺耐人寻味。小小的养生号是不具备让消息穿透层层壁垒到达科技圈、财经圈的能力的。

显然，这个传播链条中有一个关键的"输送师"存在，也就意味着这不是偶发事件，而是有预谋的。

话说回来，疯狂转发的人真的是智商存在缺陷吗？不见得，实质上是他们迷信贾跃亭绝处逢生的能力，他们相信孙宏斌之后还有"白衣骑士"。

要知道，这是听着单田芳各种演义评书长大的一代人，他们太习惯英雄救世的故事架构。每一则谣言、每一个骗局，击中的都是有心理预期的人。

乐视流年不利，透露出两个字：活该。

这不是我定义的，而是贾跃亭亲承的。

什么叫"活该"？《新华字典》里的解释是：表示就应该这样，一点儿也不委屈。贾自己反思过，孙宏斌也替他反思过，摊子铺得太大，蒙眼狂奔的布太紧，一切都是自己作的。

那么，说"活该"，很准确吧？

但现在有人怪唱衰的媒体，怪发出负评的网友。这些朋友，都是成年人了，请冷静一点，你们看，娱乐八卦号不让说话了，也没耽误宋仲基和宋慧乔最终走到一起。所以，打铁还需自身硬，怨不得别人说啊。

相反，那些就差在文章里写贾跃亭是尧舜禹汤的人，也并没有让乐视好过哪怕半分。以前他们是按着乐视描绘的蓝图，结合自己的风格，吹出了水平，吹出了友谊，现在口径倒是一致了：时间，时间，时间会给你们答案，贾跃亭一定会找到自己的滑板鞋。

没错，时间会证明很多东西，吹捧的、看衰的，就别给彼此套上道德枷锁和诛心之论了。最怕的是，你写的东西你自己都不信。最怕的是，你写的东西你自己都不信。最怕的是，你写的东西你自己都不信。

普通的消费者是可以为情怀买单的，是可以说出"一去不回，便一去不回，贾跃亭握了握自己的拳头"这样中二①、热血的话。

但作为一个行业观察者，也被情怀感动到中枢神经不能自理就奇怪了。如果大人物的情怀伤了小人物的情怀，那便不值得歌颂。

那些躺在瑜伽垫上，睡在乐视大厦大厅里要钱的供应商就不可怜吗？不值得同情吗？那些辛辛苦苦拉活儿跑车拿不到钱的司机就不可怜吗？不值得同情吗？

他们也有情怀啊。他们也要给家庭一个光明的未来啊。

如若他们是你们的亲友呢？你们该如何看待？

你说你支持贾跃亭，又是梦想又是情怀的。那你拿什么支持啊？你买乐视股票吗？还是替乐视还钱？什么行动也没有，就坐那儿嚎两嗓子？这支持是不是太廉价了？

真正支持乐视的是什么人？是抛家舍业躺在乐视大厦要钱的供应商，他们为了推广乐视的产品风里来雨里去的；是那些冒着坏账风险借钱给乐视造梦的金融机构。

结果呢？供应商说这钱乐视要是再拖下去，公司就死了；银行啥也没说，直接冻结资金。

还有一些人特别滑稽，他们说特别佩服一直力挺或一直看衰乐视、坚持不动摇的人，特别鄙视那些摇摆或现在过来落井下石

---

① 中二，网络用语，指青春期特有的思想、行动、价值观，是对青少年版逆时期自我意识过剩的一些行为的总称。——编者注

的人。

这帮人多蠢啊，公司的发展是动态变化的，人的思想也是，眼瞎与纠错贯穿着一个正常人的一生，这有什么可道德绑架的呢？

对于乐视，我一贯的观点就是，看不懂、看不透。看懂看透的媒体接到律师函了，结合现在乐视的态势回看他们的报道，正应验了那句话：勿谓言之不预也。

一个公司是否践诺，这是能看出来的。贾跃亭上午发表公开信，说会"尽责到底"。当然要尽责到底，得把那些可怜的人的钱还了啊。

希望乐视好，希望贾跃亭东山再起，这不是一个人价值观的选项，但"善与恶"是，即：起不起来，都别害人。这是最起码的。

乐视或有救，但蠢是绝症。

我看乐视

坊间传言乐视要成建制地裁人，不过我敢打赌，公关部还会大量进人。因为目前的局面是：非议太多，人不够用了。

我微信里有几个乐视的公关朋友，翻看他们的朋友圈，基本就是声明与强心剂齐飞。我给编了个顺口溜：按下葫芦浮起瓢，乐视公关忙辟"谣"。

这个"谣"是需要加引号的。因为彼此的位置不同。媒体的调查报道，看上去有凭有据，信源、时间、地点、推导、分析，皆有。乐视方面则从自身情况出发予以辩驳、澄清。所以用"解释"比"辟谣"似乎更合理一些。

如果把乐视比喻为一个人体的话，目前它的每一个器官都在遭受质疑，这对于它来说绝不是好事，但对于我们旁观者来说则好得不得了。最近大量浮现的调查报道，似乎让我们看到了昔日传统媒体的荣光，它带着我们撕开谜团，逐步接近真相。这一切颇不容易，有禁区被攻陷的感觉。相比有些自媒体沦为公司单方面的消息出口，我们实在需要一步一步走出来的"调查报道"。

有人说乐视已经很麻烦了，再诉诸非议就是落井下石了。我觉得在真相探究面前，我们的态度应该是一致的，白猫、黑猫的问题必须搞清楚。你不能只相信在美国那场盛大发布会上乐视所阐述的宏愿，视野也应触及那些被挖出来的"漏洞"，虚实皆见，这样就会避免很多尴尬，让你变成一个审慎的人。否则就像E租宝垮台后，以此为关键词翻看朋友圈，像是打开了新天地。

当然，人不可能全知全能，判断错误是很常见的事。而判断力是"鄙视链"构建的成因之一。在众人叫好时，有个把人唱衰，事实若证明后者赢了，那当然值得敬佩，尤其大家判断的并不是生与死的二选一问题，而是"为什么能生、为什么会死""是小虾米还是巨鳄"这样含有推导、论证的复杂命题。

而我商业知识匮乏，读不懂财报，更多是用常识、经验去判断，通过理性、逻辑、良心等"自由心证"的方式去判断。譬如我认为乐视的"颠覆、化反"的打法，"大跃进"式的发展，是我前所未见的。七大生态、十八般武艺样样稀松，毫无经验却号称短时间内造出的神车性能会超越特斯拉，分分钟干趴苹果，乔布斯泉下有知也该点赞，等等，这些想法已超越了我的脑洞范围（注意：非乐视原话，是我高度浓缩，会有夸大的可能性）。很多不合常理的因素堆积起来，在我看来，乐视的未来只能是存在的神迹或虚妄的神话。而现在，对于神迹的追捧大有市场，当然也不是没有可能，只是我一个小老百姓不敢相信，不敢相信，不敢相信。

作为一个成年小老百姓，我对于任何一个公司，都不会有情感上的投诚、精神上的亲近。我不咒它死，乐见它起高楼。我最感兴趣的是，如果一个企业通过不合规、不合理甚至暗箱的方式做大做强，那是有失公平的，是对公众利益有损的，我会对这个环境深深地失望，而这片土地的健康才是我真正关注的。如果它只是遇到企业都会遇到的困难，那么风物长宜放眼量，且看着就好，没有一家拥有健康肌体的公司是被媒体骂死的。

好了，在通稿与真相赛跑的时代，我期待更多扎实的报道，这对企业和公众都是最负责任的态度。

阿里的月饼与玛丽娜的乳房

都是你的错，月饼惹的祸。

如果最近有四个小伙去你们公司应聘，说因为抢月饼把上一份工作给丢了，你千万别喊保安，他们说的是真的。

具体是啥事呢？阿里在内部搞了一个抢中秋月饼的活动，也不知道这月饼是贴了金还是镶了钻了，大家伙儿抢得那叫一个热闹。安全部门的四个小伙艺高人胆大，觉得靠手指头抢没什么信心，就编了一个小程序，结果系统也是无所顾忌，一不留神多刷了124盒。小伙彻底蒙了，就给行政打电话，说能不能退回去。行政可能也太久没"杀人"了，金丝大环刀已经饥渴了，半个小时后解约合同就准备好，连工作交接都不需要，直接扫地出门。

我没交过男性程序员朋友，都说他们心地纯良、老实巴交，这回我算是见识了。你完全可以和领导说："老大，您也是过来人，肯定了解我的，我对左手的老茧发誓，相比月饼，我对卵月麻衣更有兴趣。相比月饼，卫生纸才是我的刚需。在师兄们抢月饼抢得急赤白脸时，我本着完善技术的初心，百转千回探明一个漏洞，并与其他三位师兄交叉验证成功。这事本来可以上报的，但是家丑不可外扬，我就跟您交心了。124盒月饼我不要了，一颗赤胆忠心务必请您检阅。"

深藏功与名，滴水不漏，有里有面，多好啊。很多时候以大多数人情商低下的程度都轮不到比拼智商。

有人说阿里这么做有点过了，几盒月饼多大点事啊，至于开除吗？别的公司可能采取其他柔性的处理办法，但你细想想，阿里的月饼那是普通的五仁月饼吗？那是熠熠生辉的价值观啊！你再细想想，依阿里的实力，完全可以让每个员工光吃月饼就能吃到明年年底，不至于现在像耍猴一样让大家在工作时间开抢，都是杭州城有头有脸有身份的人，何必呢？所以很有可能这是阿里发起的一个人性测试，类似于著名的玛丽娜·阿布拉莫维奇《节奏0》实验。玛丽娜把自己扒了一个干净，深度麻醉后绑在椅子上，旁边的桌子上放着枪、刀、皮鞭等道具，观众可以拿起任何一个道具对其进行施暴。有的人摸她的乳房，抠她的下体，有人拿皮鞭抽她，最后有个傻子拿枪对准了她的脑袋，所幸被其他观众喝止了。

阿里这个我看就叫"节奏1"人性实验，是一次价值观的摸底考试，埋了个坑，四个小伙跳进去了，等他们抢完，HR（人力资源）部门看着监控，说了一声"起货"，完结。

在价值观第一的阿里，意识形态工作常抓不懈。怎么弘扬价值观啊？怎么树立意识形态啊？得树靶子、立典型。一次曹操出去打仗，可是粮草却短缺了，士兵要哗变，于是曹操把粮草官喊进帐内，说："吾欲问汝借一物，以压众心。"粮草官问："何物？"曹操答曰："欲借汝头以示众耳。"粮草官大惊："某实无罪！"操曰："吾亦知汝无罪，但不杀汝，军必变矣。"于是无辜的粮草官就被杀了，不明真相的士兵一片欢呼，为主公叫好，军心得稳。

所以，四个小伙有滔天之罪乎？并没有。但阿里须"借汝头一用"，以证清明。四个小伙冤枉吗？不冤。尽管他们辩驳自己并无贪财逐利之心，但"论迹不论心，论心天下无完人"，也有动了歹念者，但人家没那么做，意淫而已，你做了就等于没通过测试，遭受惩罚，没什么好说的。游戏规则如此，你入了局就只有遵守，若不惩戒，下回你利用外挂抢媳妇了，那程序员更不干了。

曾国藩有云："二十年来治一怒字，尚未清磨得尽，以是知克己最难。"

巴菲特为什么不办湖畔大学

一

今天看了一篇火到刷屏的稿子，来自腾讯科技，标题就很刺激：《业绩下滑、战略迷失、变革受阻，什么导致了联想失去的五年？》。

一家企业做到人尽可吐，周期性被吐，而且吐还代表政治正确，作为企业主心里一定不好受，我要是杨元庆，吃中午饭的心都没有了。不过任外面的负面评价如洪水滔天，杨元庆也未必知道。怎么讲？那篇稿子中透露的一个细节蛮有意思，说杨元庆登上去往拉斯韦加斯的航班，"飞机座位后面全都摆放着以他本人作为封面的《达美航空杂志》，早有准备的联想官微工作人员很快把照片上传到微博"。

这让我想到了民国时期，为了坚定袁世凯称帝的信心，其长子袁克定不惜耗资3万元雇人假造一份天天刊载拥护帝制消息的《顺天时报》，专供袁世凯阅读了很长时间。后来因为袁世凯的三女儿袁静雪发现外面的《顺天时报》和父亲每天看的不一样才被揭穿。

二

"失去的五年"中，杨元庆也在反思，尽管频率上远不及"思王之王"陈年。以"杨元庆+反思"为关键词检索，可以发现，他反思过上微博太晚了，反思过联想员工用苹果手机，反思过联想躺在过去的功劳簿上。

但陈年讲话了，"反思有用，还要雷军干吗？"子也曾经曰过"思而不学则殆"。所以，杨元庆还是要求医问药，学习一个。

去哪儿学？湖畔大学啊！

可惜，尽管柳传志是湖畔大学的首席校董，但杨元庆作为他的衣钵传人至今也没有成为其中的学员。

这是不符合常理的。师资力量如此雄厚，号称"避免失败、把握未来"的大学，举贤不避亲啊，难道不应该可着自己最亲近的人先享用吗？如果你卖的是"大力丸"，你是不是得吧唧先自吞一粒，让我们见识见识神效再说？否则如何取信于民呢？

后来我明白了，马云说过，湖畔大学是专门研究失败的，杨元庆心想，这玩意我们公司天天研究，自媒体帮着我们研究，何必再花36万元跑到杭州上个劳什子大学呢？

更关键的是：上了湖畔大学也避免不了失败。

微微拼车创始人王永是第一期学员，相当于黄埔一期，何等尊崇。他怀着激动的心情学了五天，每天认真记笔记。上了湖畔大学，做了马云高徒，不被天下人知道又有什么意思呢？于是你在各大网站与朋友圈见到了王永写的那篇《湖畔大学五日学习笔记：满满都是干货！过瘾！》。

笔记细到什么程度呢？干到什么程度呢？过瘾到什么程度呢？试摘一句，以飨诸位："中午我们一起吃盒饭，仿佛重新回到了校园，今天很兴奋。"

兴奋的感觉总是短暂的，王永上完课仅3个月，他估值10亿元的微微拼车就倒下了。

哎，大学和大学还是不一样的，要知道贾跃亭陷于危难之时，尚有长江商学院的校友合力拿出6亿美元以解燃眉之急，钱到没到位另作一说，姿态与造型反正是有了，长江也更好招生了。

三

湖畔大学开到第三期了，除了企业愿景、价值观这些老马常谈的东西，马云在开学典礼上又提出了一个新的概念。他说湖畔大学应有"四为"："为市场立心，为商人立命，为改革开放继绝学，为新经济开太平。"

这个"四为"脱胎于北宋大儒张载的"横渠四句",就是经常被高中生挂在QQ签名栏和QQ空间的那段经典文案:"为天地立心,为生民立命,为往圣继绝学,为万世开太平。"

"横渠四句"以前代表着古代儒家至高无上的理想,现在代表着懵懂年轻人能想到的最霸气、最唬人的座右铭,你经常会在综艺节目中看到一些傻愣愣的民科①爱好者念出这四句话。

"湖畔四为"中有"三为"是虚头巴脑的话。"为市场立心",市场心机满满,用得着你立吗? "为商人立命",商人站好队才有命,哪个不如履薄冰? "为新经济开太平","开太平"可谓是政治理想了,也真敢说呢,先儒时代屡有动荡,故"开太平"是儒生"四为"中最重的。咱们这个时代,新经济最忌讳的是太平、是增速放缓,要你开哪门子太平?

虚头巴脑也就算了,毕竟是当代语境嵌套古典,如丁字裤套大棉裤,难免会有出格之感,但"为改革开放继绝学",则彻底不伦不类了。张载说"为往圣继绝学",那是建立在"儒家学说失坠不传,成为绝学"的社会基础上。改革开放让哪门子学问成为"绝学"了呢? 授课的老师,马云、曾鸣、郭广昌、柳传志这些人,他们有什么"失传的学说"能称为"绝学"? 怎么好意思自比孔孟呢? 脸呢?

《管子》里说:"礼义廉耻,国之四维,四维不张,国乃灭

---

① 民科,网络用语,即民间科学家,泛指研究课题不属于自己所学专业领域或在所学专业领域没有取得博士学位的科学家。——编者注

亡。"我看湖畔大学则是：四为不清，样样稀松。

四

我观察湖畔大学最直接的窗口就是朋友圈中的一名一期学员，我在一堆他与校董们的合影中看到了我写作一年都不会用到的那些关键词：失败、未来、沉淀、思考、战略、布道、触动、点亮、蜡烛、会心一笑、感同身受。

这些我在机场都听过，只是马云的口水溅不到我的脸上，所以觉得少了一点灌顶传功的现场感。

湖畔大学甫一成立的时候，我吐槽这就是一家高级会所、人脉交换站、社交大课堂。挺主流的看法。现在不能这么说了，大家都信这玩意了，你再说，就显得酸溜溜的了。

我现在改担心了，湖畔大学哪能办百年啊，只能办到企业家不再迷恋马云的那年，那时候大家都去上如日中天的冯大辉办的"无码大学"了。人哪，都精着呢，哪是愿意研究失败啊，都是跟随成功罢了。

最后，我好奇的是，比尔·盖茨、巴菲特这帮人咋不办大学呢？美国创业者如饥似渴、嗷嗷待哺多难受啊。巴菲特一顿饭就收那么多钱，到底是黑心资本家、吃独食的家伙，跟咱们比不了。

卑鄙的共享充电宝

王思聪以不惜"吃翔"的代价打赌共享充电宝模式必败。"翔"特别憋屈，最近几年很多人拿它打赌，却没见谁真正动了筷子。"翔"很生气："你们以后别消费我，别拿我蹭热点。"

怎能不尊重"翔"的意见呢？所以，我不预测共享充电宝的成败，我对此也毫无兴趣。只说一点：共享充电宝是个道德低下的发明。

有突如其来的大姨妈，绝无不期而至的电量匮乏。如果一项服务是解决突如其来、不可预知的难题，那么可以说是大善了。经期紊乱是大概率的事，你逛着丝芙兰呢，小腹一阵绞痛，好死不死忘了带卫生巾，怎么办？这是广大女性朋友经常遇到的尴尬，如果有共享卫生巾存在，那简直是观世音再世、大禹现身，还你一个清爽。

手机不一样。手机的电量是可见的，可预估的。你一早起来，结合当天的计划，大概能知道百分之百的电量可以支撑多久。人类智慧活动的痕迹就在于量入为出、运筹帷幄这些高等思维。猫就不懂，你给它喂10袋妙鲜包，它也会在10分钟内一口气吃完，然后在整个一天剩余的时间中，对着空空的盘子哀号。

如果你带着20%的电量出门，还在玩《王者荣耀》，那么可以说，你的人生是没有前途的，你的智力是下等的，你根本没有自控力，你活得和一只猫没有什么区别。

我们应该帮帮这些自控力比一只猫还差的不成熟人群。譬如教会他们养成睡前充电的好习惯，譬如告知他们哪些应用是电池杀手，譬如多抬头看路少低头玩手机。

我们欢迎身边拥有越来越多自律、自主、智慧、自由的朋友，而不是不顾后果地放肆后等待另一种机器的拯救。

共享充电宝正试图破坏我们的努力。它给懒惰、不节制的人群提供了更懒、更不节制的便利条件。一线城市的这些懒人有赖于此可能变成懒鬼，乡下的懒人因为共享充电宝设备覆盖不及尚有自救的机会，痛定思痛之后变成节制、科学的人，具备了完成逆袭的基本素养。

共享充电宝必然会在商业场所催生大批带着"尾巴"（充电线）行走的废人。这种人忘了逛街的真正奥义，不好好陪女朋友，不能在红蓝两色套裙之间提供独到的建议。这种人特别丑陋，是金碧辉煌商场里流动的污点，是肢体碰撞麻烦的制造者。

电池扩容的技术难题迟迟不能攻克，它一方面证明了人类智慧存在盲区，另一方面也客观上阻碍了人类文明的滑落。中国智慧里有一句话叫"休养生息"，通俗点说就是：歇歇再干。手机快没电了，这其实是"你该干点别的了"的指令，是教你"把最宝贵的电量留给最重要的事"。你可以看会儿书，陪家人聊聊天，不带自拍的功利目的出去走走，你会发现，有些焦虑是你过分放大了，不刷知乎心情更好了。

共享充电宝有个奇怪又鸡贼的逻辑。它要求那些懒惰、不节制的人群用完充电宝之后还得找到柜员机还回去。说实话，不好找，要走很多路，要问很多人。一个睡前手机电都懒得充的人会去干这些麻烦的事吗？你不还或者晚还了，那么提供充电宝的商家赚钱了。高利贷为什么愿意借钱给赌鬼呢？因为赌鬼会忽视不合理的规则，他只要有钱赌，他只要填满大手一掷的欲望。高利贷要做的就是让他们更疯狂，然后残暴收网。

我说共享充电宝不道德，不是说充电宝不道德。我们随身携带自己购买的充电宝，我们爱干净，同时那份沉重是我们用懒惰交换来的代价，我没充好电，我背着它，我受累，我活该，我下次得提醒自个儿。我怕我控制不了自己，成天盯着手机，导致电量不足，我愿意为我难以自控的挥霍背上负重的代价。

而共享充电宝让人的知耻与自省瓦解了，扪心自问最难，而对着柜员机扫一扫则很容易，一切都消解了。

戳穿伪智能

多么美好的一个周末啊，你们作为一群技术男、科技宅，却坐在这里参加一场智能运动会，难道不应该去陪女朋友逛逛街啥的吗？哦，首先，你们也得有女朋友。

我从东四环来这一趟也不容易，成为自媒体人也就一年多的时间，攒了一堆移动电源就是没攒什么钱，为了这么盛大的一个会我一狠心一咬牙用某应用叫了辆车，我上车告诉司机我要去鸟巢，我要去参加智能运动会。司机一听老兴奋了，那感觉就像磕了药的柯震东，"小伙子，我告诉你，现在这些个智能设备都是忽悠人的，你就说那谷歌眼镜吧，拍个照连朋友圈都分享不了，有啥用啊？"真是天下风云出我辈，我是真没想到司机对科技产业也这么了解。"您也是自媒体人？""嗨！比那还惨，我开出租之前搞过智能手表的研发。"

2016年的首届智能运动会我就参加了，那时候进门要走红毯，还要对着摄像师摆pose，极大满足了一个自媒体人日益膨胀的虚荣心，2017年这些环节都没了。2016年有个女模特戴副谷歌眼镜往那儿一站，一堆科技爱好者围着拍照，对焦的位置却根本不在脸上，今年再这么干就有点土了。2016年我还在这里见证了一个吉尼斯世界纪录的诞生，400台vivo组成了一个世界最大手机动态拼图，为了照顾密集恐惧症患者，今年类似环节也取消了。本来某著名手机厂商想纠集800台手机挑战这个纪录来着，后来组合在一起掀起的热浪，工作人员实在无法靠近，只好作罢。

说到智能硬件，我在以往的视频节目中基本以吐槽为主，后来有网友犀利评论：你不就是嫉妒三星、苹果这些大品牌吗？你不就是搏出位想红吗？后来我又做了一期节目对世纪佳缘网站的情侣手环发起了丧心病狂的无差别攻击。我心想这回我算是一碗水端平了吧。结果犀利的网友又说了：别人有多努力你知道吗？你不要扼杀民族企业创新好吗？

闹心的事儿不说了，既然智能产业这么火爆，我们不如畅想一下未来的智能生活。

清晨7点，卧室灯光啪一下亮起，窗帘唰唰拉开，music（音乐）响起，没错，就是你最爱的那首《我的滑板鞋》，咖啡机开始自动工作，依然是你最爱的猫屎加蒜蓉口味。你伸个懒腰，和枕边内置24个马达、肢体灵活性特强，能对触摸、声音、超声波做出直接或间接的反应，还可从云端下载最新动作的"林志玲"女士道一声早安。你款款走向洗手间，卫生间灯光及音乐自动开启。你不用弯腰，智能马桶已经感应你的到来，自动张开了大嘴。除臭模式也相应开启，当你大珠小珠落玉盘后，它开始分析你的尿液、测量血压并且通过网络连接将数据传给家庭医生。当您洗漱完，进入厨房，咖啡已经煮好，面包已经加热完毕，开始享用早餐啦。

急赤白脸吃上几口，到8点了，你再不上班就赶不上楼下的2路汽车了。在你出门时按一下离家模式，电源、窗帘全关闭，安防系统开始启动。到单位你还可以通过网络摄像头查看猫猫狗狗在家干啥呢，如果有隔壁老王乱入，你分分钟把他锁死在衣柜里，马上杀回家，给他来个捉奸在柜。

剩下的一天生活我就不展望了，因为意淫太伤身体，作为一个北漂我们走到洗手间还是苦练一下压水花的技术吧。智能家居发展这么多年无法真正普及，昂贵的价格因素首当其冲，动辄几万几十万的，也不是谁都消费得起啊。所以2016年以来就涌现了很多平民级的产品，例如智能灯泡、智能门锁、智能睡眠感应器、智能皮撅子，让粉丝们感到：科技还没放弃我们。

说完高大上的，再说已经被广泛使用的智能穿戴设备。如果集齐七个手环就能召唤神龙，那么今天会场里可能到处都是神龙。智能手表、健康手环、蓝牙防丢，这年头你要不做点这些产品，在中关村都不好意思和人打招呼。

我有个好朋友叫小刚，长着一张特别喜感的脸，却在一家严肃婚恋网站工作。有一次我们撸串之后，他给了我几个手环，说这是他们搞的高科技手环，拜托我找些朋友内测一下。我给了表弟一个，一周后我问他感觉怎么样，他说：唉！哥啊！想听实话不？你这手环戴上还没有洗浴中心的手环牛呢！

为什么有些创业者扎堆搞这些玩意呢？我琢磨着大概有这么几个原因。首先，有些人觉得自己就是手环界的乔布斯，脑洞大开，喝啤酒打嗝都带一股情怀的味道。再有呢，就是有风投追着屁股给钱，据说你坐在WeMedia酒吧里面，只要和对面的人一聊智能产业，马上从角落里走来无数个人问你：先生，需要投资吗？我就相中你这个人啦，投资就是投人啊。以前这么热情的只有三里屯的酒托啊。再有就是代工厂非常给力，各种模具比你收集的PPT（演示文本）模板还多，卖给我贴个牌子就叫"三表手环"，转脸卖给柳岩贴个牌子就叫"深V手环"。

我有点心疼智能硬件创业者了，你弄出来的东西千篇一律，产品毫无黏性，点灯熬蜡搞出的东西功能无比强大，但在这个看脸的社会，人们就因为你产品太丑，连尝试都不想尝试。有的开始很热闹，又是众筹又是朋友圈刷屏的，结果一年之后还没交货，正当感觉来了，结果小米一插足，东半球最碉堡的手环只要77元，全歇菜了。歇菜以后就做自媒体人，兜售一胜九败的经验，做起了创业导师，迎娶白富美走上人生巅峰。

有些戴手环的人就更奇怪了，从来不运动的人戴什么运动手环啊？我有个朋友叫小明，戴了一个健康手环，号称能监测心率、血压啥的，小明天天坐在椅子上盯着这些数据看，最后因痔疮加焦虑抑郁而死。

我有一种恐惧就是，产品智能了，人却变傻了。科学家说智能设备包括手机会损害人的神经功能，减损大脑思考，让人变笨变冷漠！咱冷静下来想想确实如此。现在情侣回到家用手机App（手机应用）叫个餐，吃完碗都不洗，分坐沙发两头，刷朋友圈的刷朋友圈，看视频的看视频，一晚上两人就说了一句话：你下去关灯吧！爹亲娘亲都没手机亲，能不冷漠吗？

据俄罗斯媒体称，2013年，中国有350多万对夫妇提交了离婚申请，几乎比上一年增加了13%。阿表估计2017年这数字起码得翻一番，因为拜各位所赐，各种定位属性（监视）极强的情侣手环出现了，还有那些一天充电N次的玩意儿，这么伺候你，你是我爹还是我表啊！

我对智能产品的发展总体态度是在悲观中保持乐观。智能产品需要频繁迭代才能完美。迭代不就是微整形嘛，用户像小白鼠一样给创业者奠定了成功的基石，所以大家少忽悠一些也算是给自己积德了。

放开那个董明珠

最近一篇报道火了，标题是《董明珠：格力做手机分分钟灭掉小米》。仅在微信公众平台就有腾讯科技、新浪财经、TechWeb等这些看起来长着一张少林武当正经面孔的账号进行了同题传播。

标题足够惊悚，感觉小编们都像是老沉①嫡传大弟子。但事实是怎样的呢？董明珠疯了吗？

参看原报道，作者提供了一份不完整的节目实录：背景是董明珠参加深圳卫视某档访谈节目，谈到与雷军的赌局时说："我要做手机，分分钟，太容易了。"接着又说："做手机肯定会超过小米。"吊诡的是，作者加了一句："她的话引来台下观众一片欢呼，这是要分分钟灭小米的节奏。"

中国观众多内敛啊，即便有出格表现，恐怕也得是经过湖南

① 老沉，即陈彤，小米公司副总裁。——编者注

卫视编导那样的高级驯化吧。

在我看来，中国观众的"一片欢呼"通常是：吁、我去——这样"短促且极具情绪爆发力"的词。不排除现场有某个观众说了"这是要分分钟灭小米的节奏"，不过如果呈现出的效果是"一片"的话，可以判断他们都是来自横店的群演。

分析至此，可以还原的事实是：董明珠觉得格力做手机不会很费劲，而且一旦做了肯定会超过小米。注意了，时间刻度是用来定义做手机的难易程度上，而不是用来定义后面的超过小米。实质上，在未说明是销量还是价格，更未说明何时超过的前提下，这几乎是很难得出答案的命题，顶多算一种宏愿而已。

那么标题如果换成"董明珠：格力分分钟做手机""董明珠：我做手机肯定超过小米"是不是更符合实际情况？

没错，那个报道的原作者及后来的跟风传播者，就是把一个像在蛋糕前吹蜡烛许愿的"普通吹牛皮"事件成功变成了一个吸引眼球的"恶性吹牛皮"事件，手法是：脑补、拼凑、嫁接。

写这么多字单纯只为指出这个报道的不严谨？那我太闲了！我想说的是，这种博眼球的写作方法正大行其道。

结合近来我们被频频刷屏的"奶茶妹分手费事件""聚美被前员工爆料事件"，都反映了自媒体在迎合当下的"哄客文化"——事儿闹得越大越好，言辞越激烈越好；单一的信源直接引用，三五分钟就能弄个明白的事考虑都不考虑就发表出去了。这种"刻意作恶"只会拉低自媒体的整体形象，自媒体应该创造和生产更有价值、经得起推敲的优秀文本。

然而这种制造并传播耸人听闻的内容的现象背后是"快感霸权"在作祟，写作者用感官愉悦的单一感受，替换掉其他一切生命感受。"哄客"们对快感的狂热追求，成为拉动创作的动力。

显然，舆论对于董明珠的围剿与嘲弄突破了底线，用起了"曲笔与嫁接"，只为炮制一场全民审丑的盛宴。在阿表看来，董明珠之于这个行业，就像小牛队言谈不羁的老总库班之于NBA，不过是"嘴大了点""个性激进些"而已，并不伤天害理，反倒是他们给这个严谨、一丝不苟的"灰底色"圈层注入了新的颜色，提供给舆论场审视企业家生存状态的不同切面。

执拗对抗互联网思维的董明珠，或许可以看成是不愿剪辫子的那个人，拒绝蒸汽机的那个人，对抗发现新大陆航海者的那个人，她有她的坚守和抵达成功的自我路径，她不该登上大字报被张贴得哪哪都是。任何成功都是阶段性的成功，小米的成功法门未必就会一一反衬格力的失败之路，时间的推进会证明对错，时间也会给董明珠们一个足够裂变的土壤，而我们的宽容则代表这个社会的底线与良知。

董明珠们的出现蛮有意思，比起某些道德模板，董明珠们向权力主义指定的公共审美尺度发出咄咄逼人的挑战，以贴地飞行的姿态展示了一个有血有肉、能炖鸡汤也敢飙狂言的企业家形象。

所以，放开那个董明珠，要知道再过若干年，你们如今更为追捧的雷军可能也会被嘲弄成食古不化的人。

有些钱你想赚的时候就已经赔了

那天有个读者A突然在微信上找我私聊。

A：最近有没有玩ICO^①？

表：我不太懂啊。

A：要不要学学？

表：水深啊，怕玩折了。

A：仨瓜俩枣的，试试水，没问题。

表：你在玩吗？

A：赚了一百多万了，捷豹出来了。

表：厉害！

随后，他给我发了一个文档——《虚拟币投资基础普及——骨灰版》。

① ICO（initial coin offering），是一种区块链行业术语，指区块链项目首次发行代币，诸如比特币等通用数字货币的行为。——编者注

对话就这么结束了。我蒙了。因为根本没有那么贵的捷豹。

又感觉自己刚刚好像在天津静海传销组织那儿参加了一轮面试。

他为什么选中我？我怎么就像个会玩 ICO 的人？

你别看我成天泡网上，但是区块链、ICO 这些时髦概念，我一窍不通。最近只对《王者荣耀》里吕布的出装颇有研究。

"不懂的东西坚决不碰""不是我的女人坚决不碰"，这是我可以连同花呗账号一起留给后代的人生智慧。

有人说了，当初微信公众号推出来的时候，你虽然不懂但也一猛子扎进去了，怎么解释呢？

我当时是不懂，但写字、发表观点，这是流传几千年的正经事，我虽不懂新工具，内里的"活儿"可是门清。

区块链、ICO 就不一样了，好像并不复杂，广场舞大妈都懂了，扎进去准备躺赢。这么老的韭菜，最适合收割了，以前丰收在保健品营销的会场，现在来到了辽阔的互联网。

随便打开一个群，你会大概率发现有人正在说："我有一个朋友玩了个币，现在涨到几十万了……"我要是没脑子的话，估摸着也在群里说了："没错，我有一个朋友玩了个币，现在一百万的捷豹出来了……"

严谨一点说，不排除有人赚到了，不过你也别难过，心里有点数：咱们绝大多数人这辈子都和横财无缘，风险与收益虽成正比，但以你的资质真的更适合稳一点。

应该会有人来跟我抬杠，区块链、ICO是未来趋势，只是现在还不成熟，有人走偏了而已。

我就想说算了吧，就有这帮傻货，最后赔了，被人收割了，还赖自己心态不好，到庙里烧炷香又开始上路了。

我写这个主要是给大家提个醒，人生路长，稳健为先。当然，那些自诩天资卓绝的朋友，我这里不教发财之道，你来订阅干什么？

我刚才又问了开头那位读者。我说你那一百万提出来了吗？他发了一个"哭泣"的表情。沉默良久，他说："下次（赚到）一千万的时候告诉你。"

一千万，好家伙，一台兰博基尼雷文顿出来了。

拜拜了，捷豹。

自媒体，观点即力量

自媒体老炮儿

我是自媒体老炮儿，江湖上都叫我伟爷，公关圈的朋友尊一声伟老师。我们这行，流量就是脸面，观点就是枪杆子，粉丝就是乌泱泱的小弟，跟我叫个板？小弟们，上，血洗评论区！跟我不客气？群里丢个红包，分分钟朋友圈转的都是炸你的雷。

话说回来了，我们自媒体老炮儿最讨厌打打杀杀，都什么年代了。平时不要起冲突，要冲突就往死里撕。要文撕，不要武撕。一篇一千字文章能解决的事，犯得上拖个日本军刀跟人掐架吗？那些都是没文化的碎催干的虎了吧唧的蠢事！

前一年，有个房产中介，跟爷起呲，不想退押金，还劲劲地想揍我，爷不跟他一般见识，一东北小痞子溅我一身血犯不上。我回屋就写了篇800字大稿，微博微信今日头条百度百家，能发的阵地我都发了。结果第二天这小痞子就带他们大区经理上门道歉了。我说：这钱爷不要了，爷不差这点钱，爷就是争口气。自媒体不是你们惹得起的。

自媒体老炮儿也分门派，不是一派的，你就把他们绑一起放床上都聊不到一起去。软文派就瞧不起脑洞广告派，社群经济派就瞧不起抱企业大腿派，学术派就瞧不起网红"10万＋"派，时评派就瞧不起娱乐八卦派。

因为"观点"，乃是老炮儿安身立命之根本！闲了就敲打马化腾，不高兴了就起底李彦宏，什么雷军、张一鸣，呵呵，爷在天涯社区IT版谈笑风生的时候，你们还不知道在中关村哪儿摆摊呢。给你写稿那是给你面子，写得好不好你都得受着，想撤稿？没门，你把我衣服撤了都不行！没听说打出去的炮能收回来的！有能耐你张小龙弄死我。

想找自媒体老炮儿约稿？我可不是坐地摆摊的游商小贩，会不会聊天得讲规矩，上来先恭恭敬敬喊声："老师您好，久仰久仰。"第二句得说："您的作品我都熟读，文采犀利，观点独到。"第三句才说："最近有个局，对方把我们掐得太狠，小弟人单力薄，还想请您指教。"钱多钱少，那是另一回事，老炮儿最看重你的情商。

情商高的呢，逢年过节喜欢维护一下自媒体，而老炮儿行走江湖，有些场子也必须得去罩着，但标准得过得去，一定要是45C标准。什么叫45C？红包必须是4位数，宾馆必须是5星级，车必须是C级车。没营养的场子，老炮儿坚决不去！你得有情怀，总去啥美国啊，美国自由女神都认识我；弄些静心的活动，例如去长白山跑个步，去三亚包个海岛，我建议哪个公司可组织一场红场喂鸽子之旅。

我们自媒体老炮儿也有朋友，而且向来帮亲不帮理。谁咬我朋友，对不起，别的事先暂停，我跟你大战三百回合。喷吴晓波，你也不撒泡尿照照自己，看不上吴晓波的多了，你算老几?！尽管我回击你也站不住脚，但我得让晓波大哥明白，兄弟我是为你两肋插刀的，自媒体老炮儿把情义看得大过天。

没有规矩不成方圆，自媒体老炮儿信奉观点就是力量。有些别的领域的老炮儿就不是这样了，整自己一身疤，还以为是男人的勋章呢，长大了你就后悔了。

混社会不易，但你选择怎么混，就会有什么样的回应：用心混，交朋友；用钱混，人走茶凉。

春节回乡装腔指南

2015

　　丧家犬也有乡愁，何况自媒体人乎？眼瞅送完灶王爷，各种年会、答谢会相继落幕，各单位马放南山、刀枪入库，不管中没中奖，自媒体人也该收拾行囊回乡了！忍着思乡的饥渴，献完最后一计，给程维、吕传伟（滴滴、快的扛把子）指点一下后续发展，他们奔向铁岭、迈向大西北、踏进蜀道，你脱去互联网分析师的外衣，我卸下独立思考兼大嘴喷的面具，他一改O2O（线上线下电子商务）专家的腔调，三表老师变狗剩子，×姐变二丫，咱们都成为春运盲流中的一员，真是澡堂里吹牛——看不出身份！

　　今时不同往日，经历了自媒体元年的洗礼，自媒体人该以怎样的体位衣锦还乡，这是个大问题！

没抢到票的自媒体人就不要装腔了，你能洋洋洒洒写出《详解 12306IT 架构与困境》，却搞不定回家的票，说出去多丢人！高品位的自媒体人，从漠河到三沙，一年来回颠簸，搞得家里狗都不亲了，积攒的里程这时已能换个头等舱坐坐。

回家之前置办年货是头等大事，家里的亲戚朋友、大人小孩众口难调但方方面面都要照顾到，着实难为人！还买真空包装的全聚德烤鸭和稻香村的点心吗？别忘了，你已经是自媒体人了，民工带啥你带啥，品位怎么凸显？今年回家的年货咱一分钱不花！这一年攒了多少移动电源？多少电视盒子？多少随身 Wi-Fi？多少极路由？多少红米？这些好东西有一个就行，多了放家里占地方，它瞅你也烦！你回到家乡，拜年的时候进门就发一个，按照关系亲疏远近分配，玩的就是信息不对称，城里不新鲜的东西回家就是宝贝，你再使劲渲染，整点大词、硬词、专业词汇，智能穿戴、云计算你可劲儿招呼，这哪是普通的回家过年，整个一科技三下乡！

亲戚家小孩有时候最招人烦，都听大人说过你在京城混，觉得你人模狗样一定干得不错，抱你大腿就管你要礼物！这好办，一年下来各大公司的吉祥物玩偶肯定搜罗了不少，光企鹅恐怕就好几个，你别跟陈中似的把它当宝贝在单位里摆满一面墙。你弄个大袋子带回家分给那些"不是机智是淘气哦"的小朋友们，整个世界就清静了！（个别高端熊孩子会直接管你要 Plus 的，你扔给他一智能手表，很快他就会崩溃的。）

在回去的火车或者飞机上，咱也别闲着，趁车厢安静的时候，拿起手机录一段60秒的语音："亲爱的全国各地十万表友汇的朋友们，阿表正在回家的火车上，我提前给大家拜个早年，过年应酬多，更新可能不及时，大家不要太想我哦！回复关键词'过年'，给你看一篇文章。"这时候不明真相的围观群众肯定一脸狐疑地注意到你了，直到身边吹嘘上亿石油生意的大叔打败了你。不用管这些，你深藏功与名埋头刷朋友圈就是了，两个H5①广告一转，等你出了站，火车票加泡面钱就全出来了。

到家后最烦的一件事就是怎么以通俗易懂的方式向父母解释自媒体的概念，并且让他们发自内心地认为你在做一件极具光明前途的事，而不是游手好闲！你就说你办了个新闻联播，编导和郎永淳的活儿你都干了！数以万计的观众每天翘首等待你的更新，你的一言一行对整个中国互联网有着至关重要的影响！你的公众号就是腾讯那个马化腾的睡前读物！你三天两头登顶与《福布斯》榜齐名的"新媒体排行榜"！不过你在表述过程中要拿捏好分寸，否则全村上访户踏破家门槛叫你一声"青天"你是应还是不应？

你这么厉害，光你父母知道也不行，等大家庭聚会的时候，"别人家的孩子"都在场，尤其在小县城干工程发了家的表弟也在，这时候你必须引领话题走向。

他们聊高官秘闻的时候，你把道听途说的那点料包装成你

---

① H5指第5代HTML（超文本标记语言），也指用H5语言制作的一切数字产品。——编者注

接近国家核心层领导的朋友透露给你的。他们聊生意不好做的时候，你就微微一笑把你朋友圈那些流水动辄千万的面膜财富故事拿出来说说。他们聊添置啥家电好的时候，你把目前智能电视从小米到乐视的发展态势都讲一讲。他们聊炒股，你就聊你的矿机和比特币。他们聊到你怎么还不在北京结婚买房的时候，你举起酒杯，给在座的亲戚每人发个F码（Friend码，优先购买权），成功把话题再次拽向你熟悉的领域，然后不要让他们有缓过神的机会，从O2O到互联网思维再到物联网你直接把他们侃晕！饭局差不多到最后一碗汤上来的时候，你挽起袖子轻点智能手表的屏幕，起身告别，说一句：不好意思，一会儿中央二台经济信息联播和我有个视频连线，这里4G信号太差了，我得回去准备一下！服务员，买单！能微信支付吗？接受比特币吗？

初二初三都在走亲戚，作为自媒体人你的业务不能荒废，见谁的手机你都得拿过来看看都装了什么应用，接着到移动运营商的店面里走访走访，顺便问问楼下超市老板对电商和O2O的看法，再和打工返乡青年聊聊移动互联网的使用情况。一天调查下来，拒绝所有饭局和约会，一路小跑回家打开电脑，分分钟码出"五线城市小镇的数字生活"，微信、百家、虎嗅通发一遍，速度和体位都抢先了，后来再切入这个话题的人你可以都视为跟随者，向你致敬罢了！

老同学聚会就别去了，你只能看到初恋成人妇，后进生成大款，然后从公务员身上吸收了满满的负能量。在朋友圈更新一张你在书房埋头写作的照片就好，文案一定要配上：刚写完一篇《移动化新浪潮，BAT应该这样布局2015》。嗯，这个春天有点风暴的味道……

2016

马不停蹄，十几家企业媒体答谢会跑下来，京东卡已攒够五千，各种台历摞起来比潘长江还高，五块十块攒起来的O2O代金券小卡片，满满当当地堆满了办公桌。自媒体人老王把这些玩意儿全部给辛苦一年的小编，望着他们湿润的眼圈，一抹情怀的光晕从头照到脚背。他们不知道的是，答谢会上抽到的iPad、iPhone、MacBook已经发往老王铁岭的老家。

看着朋友圈里自家小编们晒的年会自拍，说是年会，就是借公关的福利，带他们去K了歌，一打啤酒下去，小兄弟们迷蒙双眼依稀可见泪花。老王不忍，心一横，决定不能亏待大家，硬着头皮给那几家互联网客户打电话，为追回悬而未决的尾款再做一次努力。失望的是，对方说接口领导又调整了，春节后才能处理这个事儿。一杯苦茶仰头一干而净，小编的鼠标已经按在了发送键上，"老大，跟他们撕吧！"这篇"无良×××拖欠稿费××万"的文章已经躺在草稿箱两个月了。全办公室的人屏气凝神，就等一声掷地有声的"干！"。

"小不忍则乱大谋，再给他们一个月时间，大家的年终奖，从我个人腰包里出！"老王话毕给会计使了个眼色，那笔躺在理财账户上的五百万投资款，盈余应该足以化解当下的尴尬局面。

穿过雷鸣般的掌声，走到靠窗的CEO（首席执行官）座位，是时候整理一下乱麻般的心情了。再给投资人打个电话，寻求资金支持，年后上班第一天就和合作人老张摊牌，把他的股份买过来，让他该干吗干吗去。而此时，老张这个傻瓜，还在外面跑春节期间的单子。

手段是龌龊了些，但要做枭雄，就得有霹雳手段。老王望着手里这张开往铁岭的火车票，冷静思考一下今年的"腔"该如何装。

每次老王回家，就是王氏家族智能产品的一次革命。今年从一加到金立，又是攒了一兜子，回去拜年挨家送一个，必须雨露均沾。移动电源这种东西就给三代以外旁系血亲，各种手环就给老人亲手戴上，和泡桐手串一搭，绝配！无人机这种高端产品得给大学时资助过自己的二舅，手机按价格高低和关系亲疏远近，正序赠送。像世相、大象公会的小编们，把西凤剑南都撤下去，锐澳鸡尾酒就成为家宴指定用酒了。

今年不用跟七姑八姨解释什么叫自媒体了，因为他们热爱的张泉灵同志也自媒体了，这比你费一万句口舌都管用。再说自媒体已经不是什么新鲜事了。待在家里的小辈们，已经不再是面朝黄土背朝天，而是开设了"铁岭潮生活""铁岭百事通"等区域公众号。

家宴开始前，得跟小编们打好招呼，20分钟后来电话汇报当日选题。轮到你提酒了，大家的目光已经从大舅母那儿转移到你身上了，这时电话恰如其分地响起。别弯腰掏电话，一弯腰，格局会掉；伸出手，从容不迫，对着 Apple Watch（苹果智能手表）讲就行。

"嘎哈！喝酒呢！选题这事还用问我吗？百事那个二百万的项目不是还差一篇吗？今天就继续呼吁六小龄童上春晚！题目就叫'瞅不着那只猴，我们全家都哭了'！嗯！注意，要往死里煽情！"

这时，全家族的话题已被你成功拉回到 Apple Watch 和六小龄童上。肯定有没眼力见的小表弟吐槽这手表，你就云淡风轻地说："嗨，库克送的，也不是自己花钱的，平时就当个玩具使。六小龄童这事吧，其实没那么复杂，都是我一手策划的。"

瞅你这么有本事，去年家被强拆的二叔记在心里了，咕咚咚满上一茶杯老窖，端上来就跟你套磁："大侄，我那房子被村委会拆了，你能给捅咕捅咕不？"

这种封号的事，哪能满口应承，但你也不能驳他面子："二叔，我吧，在娱乐、时尚、科技圈还有点人脉，这种民生的事，我确实没啥门路，不过有个叫王五四的和我是拜把子兄弟，宣传部门关注的红人，我年后帮你问问。"你俩面子都没掉地上，皆大欢喜。

看你这么能装，90后弟弟妹妹们肯定不舒服，那人家就得拷问你的阅读量、粉丝数，你估摸着这些数据照他们这些区域大号差老远了，那就和他们聊忠诚度、广告单价和粉丝社群。你得说你的号订阅数不多，但张小龙、周鸿祎都关注了，是精英阶层读物；你的文章阅读量不高，但打开率高，而且都是原创高质内容，曲高和寡；你还有粉丝社群，平时走遍全国都有粉丝应援（其实就是3个500人的微信群）。

酒过三巡、菜过五味后，话题已经到了婚姻、育儿领域了，这话题你也不擅长，毕竟还没女朋友呢。这时候你把手机屏幕设置成永不锁定，把墙纸设定为你和中央领导在创业大街的合影，然后漫不经心地放在桌上就去上厕所。等你小解完回来，大家瞅你的目光都不一样了。

不要一一回答亲友们的提问，什么首长多高多胖啦，你就说："唉，我都烦死了，首长来考察过后吧，我一年得接待十几个省委书记、部委干部，没什么意思，我还是喜欢埋头赚钱。"

初二初三，同学会就陆续开始了，自媒体人压根儿就别去参加，小孩才看中热闹，成年人讲究投入产出比。你得应邀出席"铁岭市新媒体迎春酒会"。说实话，一个圆桌汇聚了铁岭吃喝玩乐各个细分领域的自媒体大号，个个都是摸爬滚打的实战派，扎根本地生活，配合商家联动，广告比你多、粉丝比你多、挣的比你多，新榜排名比你高。但你为什么能坐上席呢？因为你是北京来的，你离风口最近，你平时都和徐达内合影，和周鸿祎射箭，和黎万强探讨摄影。

既然把你架这么高，你发言就得高屋建瓴，诉诸理论，避谈细节，开口之前，得说一句"这些都是咱们私下讨论，别发到朋友圈"。然后就从2016年自媒体发展趋势聊到内容创业的红利，从罗振宇的死穴聊到吴晓波的痛点。

席间有人敬酒，不是发了黄图被删号的，就是发了谣言被禁言的，你趁着酒劲儿就说包在我身上，然后马上掏出手机，找到在某个群里加的腾讯公关总监的微信，把这个情况语音说一下（发文字显得生分），接着快速按下关机键，就说手机没电了，明天再告诉大家结果。一片"大哥，太给力了"的赞扬中，继续埋头夹菜，深藏功与名。

过年，别人朋友圈都发大鱼大肉、酒肆欢场，你不能流俗，拍张集市里烧烤摊上的微信支付铭牌，再配上三两句"点评四线城市移动支付之争"发出去；别人走亲戚拍个小侄女、小侄儿的萌照到朋友圈，你不能流俗，你打听打听村里谁家做淘宝呢，过去走访走访，临走之前拍张合影，配上一句"用自己的视野帮助渴求移动电商技巧的乡民，这真是有意义的一天"发出去。

别人初七都上班了，朋友圈都是堵车和雾霾的照片，这时候你要发张你在家乡母亲河畔徘徊的照片，告诉大家：

这一年，

人匆匆奔流，像脚下的水，

我的心，

是河滩的石子，依傍在故乡。

2018

还有几天过年，每到春节，北上广的Tony立马变二狗子，自媒体圈的六神、王左、三表也都成了王晓磊、张晓磊、李晓磊。

实际上，这并没土到令人笑崩的程度，要知道腰缠万贯的刘强东（Richard Liu）骑鹤下宿迁也瞬间成了乡邻口中的"大强子"，即便给老头老太太每人发一万元"春节特别红包"，那也还是"大强子"。

自媒体今年回乡，不用再向亲友交代什么叫自媒体了，你需要费些口舌解释自媒体不是《新闻联播》中所说的"水军"。分工不一样，咱们是空军，哪里有热点就降落在哪里。想必二婶子会过来揪你耳朵，说你们这些自媒体太能忽悠，你二叔总看你们写的"男子与美女酒店开房，正要激情时，暗恋他的女秘书闯进来了"，家务活都不干了。

你要跟二婶子解释，不是自媒体不是人，是流量实在太迷人。那不是自媒体正规军干的，是一群做号的人用刺激标题吸引小白然后卖丰胸减肥药，缺德带冒烟。

这时候，你的表弟会咳嗽一声。你看他穿貂夹包大金链，左手绿水鬼右手8848钛金手机，坐骑是保时捷911。他递来一根中华与你搭话："哥啊，谢谢你，你现在天天带货挺累的吧？20%分成能赚到钱吗？你前年指点我做自媒体，我也没什么文化，但我执行力超强，以前在菜场收保护费的哥们儿都被我拉过来做号了，聘了一个有丰富写稿经验的大学生做总编辑，疯狂注册了百十来个号，天天发刺激的，粉丝涨得老快了，现在光卖壮阳裤衩就能日入50万元……"

人比人气死人，但你不能流露出羡慕嫉妒恨，把表弟的烟掐掉，掏出你在日本买的IQOS（电子烟装备），插上一根万宝路浓薄荷，幽幽地告诉他："老弟，哥劝你一句，人间正道是沧桑，前一阵子我和张小龙吃饭，他说年后就打击你们这些丰减瘦整的营销号群……"

表弟一拍你肩膀说："哥啊，我现在准备转型了，今年我也思考了，光赚到钱没用啊，不像你们正规军有名气、受人尊敬啊，你说你们过年，大公司不得送个春联、日历啥的呀，多有面子啊，还能参加新榜大会、微信公开课，我们也想跑到地面上见见阳光啊。哥，你帮我介绍一个名气大但不赚钱的自媒体，我去收购他们，明年我的目标就是名利双收，争取新榜大会坐头排，再给徐达内塞点钱，我兴许还能上台讲两句。"

表弟给你上了一课，但输人不输阵，回到屋里把箱子里的"大疆"掏出来，往村里人流最密集的"大脚超市"那儿站定，一顿神操作，5分钟后收割一票关注，开始你的演讲："哎呀，这玩意儿北京不让飞，去年去埃及旅游飞过一次，他们国防军很喜欢，送了他们一部。你们看，村西农田的沙化很严重，村东的河渠规划不合理，哎，我曾经美丽的乡村怎么是这番模样了。"

收起"大疆"马上走人，乡邻若是说没看够，就说要回去写内参了，标题是"论新时代农村经济转型趋势"，年后统战部开会发言要用。

晚上长辈们围在一起打麻将，你过去阻止一下，你说打麻将通常一家赢、三家输，咱们不如来答题吧，四人瓜分五十万，还不美滋滋？他们要是问凭啥就咱们能通关呢？你故作神秘地说，某大佬给我划了重点，还送了几张复活卡，这五十万等于白捡。靠着你丰富的知识储备，顺利答到中途，这时候果断以家里网络不适为由放弃。没关系，最重要的"和某大佬关系很铁"的信息放出去了。

你路子野的消息，很快大家就知道了。这时候应该备受强拆之苦的亲戚上门找你摆事了。不要怕，兵来将挡水来土掩。你听完他的哭诉之后，直接放话：大叔，你不要急，我有个朋友叫王五四，他的每篇文章都反映民间疾苦，有关部门皆会第一时间重点关注，我让他就你这个遭遇写一篇，成不成不好说，但这事儿上面肯定心里有数了。

送完大叔出门之后，不要懈怠，准备更新公众号。很多自媒体以春节读者休息没人看为借口停更了。你不一样，你要告诉大家，过春节就是华人加一些东亚人的事儿，但你已经走出国界了，你的Facebook（脸书）、YouTube（优兔）还有几百万白人、黑人粉丝嗷嗷待哺呢。

往年，你把猫家送的坚果、狗家送的樱桃、狐狸家给的山货都分给亲戚了，今年再拿这些出来已经规格不够了。等亲戚聚会的时候，你一边站起来提酒，一边看着手机："一人在外打拼不容易，也就赚了三百万，哎，二百九十万算什么钱呢。你们随意，我干了。这三百二十万能交首付了。大舅你喝啊。三百一十万，那车位就只能租了，呃，四百万了。再敬大家一杯，双双对对。"

亲友一定认为你疯了，这时候你告诉他们，这就是区块链，币圈一天、人间一年，接着理论加案例，密集轰炸。2009年发行当初，1美元相当于1300个比特币，啥叫投资？8年翻了754万倍。大舅，当时你只需花38460元人民币买些比特币，那现在中国首富就是你了。

大舅脸色绯红："大外甥，今天你舅妈不在，我跟你交个底，我还有十万块钱，你说怎么干，大舅跟你搏了。"

这时候，千万别让酒精摧残你的良知，你说："大舅，别着急，我年后准备搞个自媒体区块链，发行表币，在座的都是亲人，给大家每人一点原始额度，等明年这个时候，咱们再看。"

好了，气氛一定好到爆炸了，空气中都洋溢着区块链的欢欣。

同学聚会能不去就不去了，现在闷声发大财的人太多，装腔难度陡增，去年酒席上你掏出手机让罗振宇给大家拜个年已经很牛了，今年不让特朗普讲两句，已经压不住场子了。哪天聚会，就说某天要飞霍恩比岛见投资人了。

千万别在家挨到初七才走，显得特别没有正事，初四大概就要动身了，有一个李开复、徐小平在列的私董会马上要去以色列考察人工智能，你作为内容创业的新势力必须同行。

回到国内后，把胳肢窝里的O2O、VR（虚拟现实技术）、人工智能都清理出去，留点空间拥抱区块链吧……

公众号大V如何写作

　　公众号千千万万，竞争如此激烈，是否具备辨识度就很重要了。什么叫"辨识度"？就是能区分同类的"特色"。

　　如果你的作品不能让人一下子嗅到特殊的味道，大概算得上是失败的。我订阅的公众号绝大多数算是辨识度颇高的，有的我只在朋友圈看到标题就能猜到作者。

　　今天，阿表就总结了几个高辨识度公众号的行文特点，也算是一种模仿吧。

itTalks 魏武挥

开头：巨丑的黑图。

一、

　　××，我是不以为然的。

二、

××，我是特别不以为然的。

三、

××，我真的是非常不以为然的。

四、

××，我还是不以为然的。

五、

总之，我是不以为然的。

我是不写商业软文的魏武挥。

MacTalk 池建强

标题：科技与人文的十字路口

加入锤子以后巴拉巴拉巴拉

季更侠二爷鉴书太懒了

乔布斯曾经巴拉巴拉

（引用一段名家名言）

其实C语言巴拉巴拉

（插入和主题毫无关联的歌曲）

这就是技术的力量

顾爷

图

美图

还是图

依然是图

没完没了的图

淋漓不尽的图

烦了来咬我啊的图

广告

收工

六神磊磊读金庸

标题：金庸江湖的舞林大会

王大妈爱跳广场舞

其实在金庸的江湖里也有很多爱跳舞的大妈

你们不知道暮年黄蓉也爱跳广场舞

跳广场舞选个好的小区可以更尽兴

××楼盘，耀世独尊

世相

标题：我们只是把荷尔蒙扔给了飞短流长

这是世相的第250篇文章

王大妈跳的是广场舞吗？夜来香，幽幽细语，一瓣馥郁的香，轻颤颤，落在她的唇上。灵魂的舞蹈，在心湖的涟漪里荡漾，水榭，凉亭，惠风送爽，明月如霜。她的影，在月色透出的薄纱里独舞，忘情，沉醉，舞步飞扬。

直男看不懂的文字

直男看不懂的文字

直男看不懂的文字

直男看不懂的文字

直男看不懂的文字

小小的广场舞，百态人生。

Tiny4Vovice，鸡汤圣手郝培强

我们要追求内心平静

我们要热爱读书

我们要冲破教育束缚

我们要和努力的人为伍

大象公会

悬念标题：为什么中国出不了梅西

在××时代，出现过一位球王。

高俅就是当时世界的梅西。

英国工业革命造成了……

民国时期中国诞生了第一批留洋国脚……

我们黄种人B型血比例最高，肱骨粗、长，身材矮，躯干

粗，男性上身呈倒三角形。

当然了，说到底还是因为体制。

万能的大熊

我咋这么牛呢？

我就是牛！

我是这样牛的……

你为什么不如我牛呢？

想和我一样牛吗？最近我写的这本书可能会帮到你。

石榴婆报告

标题：私房|五款人气秋裤，好穿程度大测试

秋冬交界，除了不知道穿什么衣服，也不知道穿什么秋裤啊！

今天就简单粗暴地来看一看，那些个特时髦的 it girls 都在穿什么样的秋裤。

1. 羊驼绒塑性提拉秋裤，好穿程度：五颗星

洋妞图

Gara、金小妹（阿表注：必须有一种和她们是姐妹淘的腔调）最钟爱的款式，193美元的Sungshine，最近一直穿。

2.莱卡棉贴身透气秋裤，好穿程度：五颗星

洋妞图

温柔妹子Palermo就穿裸色的哟。

婆婆的话：

1. 不重要。

2. 不重要。

3. 快去看看我今天第二条的推广吧，婆婆独家折扣码哟。

胡辛束

意识流标题：你夜里起来，可能就是憋尿了

暖气一直不来，暖气来了空气又不好，人生真是艰难呢。

（注意：每段不会超过140字）

艰难就艰难呗，毕竟还有人躺在桥洞呢。

可是暖气不来，真的很难睡着啊！

暖气来了就会口干舌燥，

就会喝很多很多的水。

很多的水。

很多的水。

很多的水。

（插入图片）

水喝多了，第二天起来眼睛就会肿成猪头。

（插入猪头漫画）

水喝多了，膀胱受不了啊！

受不了也不能憋着啊！

可是没有暖气，起来真的很冷！！

但也不能尿在床上?!!

京东商城双11大量优质纸尿裤半价哟!

具体有多好,点击阅读原文吧。

丁香医生

惊悚标题:小孩玩火真的会尿床吗?

尚无直接证据证明。为什么缺乏直接证据?那是因为无法找到完美对照组。我们需要比较同样的一群小孩,在有或者没有玩火的情况下,尿床的概率是否有区别。

小道消息

这样的简历真是狗屎!

有些营销推广简直就是狗屎!

这样创业真的会完蛋!!

百度搜索,缺德!

传统媒体这么玩根本不行!

吴晓波频道

标题:那个女黑客不该被嘲笑

我叔叔就是一名黑客爱好者,家里有一个书柜都是这一方面的书。

不久前,读《女黑客回忆录》,里面专门有一节讲道:她敞了几个JS代码，轻松就进了淘宝的后台。

很多人嘲笑她，在这种一网打尽的语境之下，这个国家大概就是这样子的了：草根们在优衣库的试衣间里狂欢，中产们在股市的震荡中沉沦，精英们在女黑客的软文里堕落。

我想说的道理很简单——

女黑客是骗子还是技术大拿，是可以讨论的事；女黑客的人品优劣，仁者见仁，智者见智；女黑客有没有忽悠，时间将给出结论。

一个国家的智力底线，是社会的宽容能力和理性判断力。

我下个月在铁岭有一堂传统企业转型大课，只要998，点击阅读原文抢购吧。

警惕"自媒体沙文主义"

我写了很多思考自媒体这个群体的文章,有的是自嘲,有的是展望,有的属于无禁忌"直喷"。有些人就说了,自媒体应该抱团,我们要自觉自愿地维护这个招牌。类似的观点以我宽广的胸怀当然能够听进去,但是我觉得是好东西的话说是说不死的,关键在于真刀真枪干了什么。我们抬头看路,也要低头自省。与其让远离自媒体的门外汉瞎喷,我们还不如一把扯下丁字裤摆个凹造型让大家看个通透呢!

自媒体经过前两年的蓬勃发展加上我们不遗余力的自我吹捧与长期不懈的勤奋,现在也能登堂入室了,我反正自我感觉特别良好,以前除了增加生活情趣的角色扮演外谁管我们叫"老师"啊,我们没有传道授业解惑却被冠之老师的名号倒也欣欣然接受了。2014年很可能是自媒体从"蓬勃"到"膨胀"的关键一年,我们需要集体洗个凉水澡,冷静冷静。

必须要警惕的就是"自媒体的沙文主义"。什么叫沙文主义？网上的解释是：指盲目热爱自己所处的团体，并经常对其他团体怀有恶意与仇恨，是一种有偏见的情绪。基于这个解释我为自己独创的理论"自媒体沙文主义"下的定义就是：盲目使用自己的话语权，对不了解的事物肆意发表观点并奉为真理，将自己所能认知的狭窄范围视为世界。

"盲目使用自己的话语权"通常是KPI心理[①]作祟。我们写公众号其实是没人拿枪逼着我们必须写或必须写几篇，但是作为意志不坚定的作者，通常内心会产生订阅者的心理投射，假想他们是嗷嗷待哺、亟待被拯救的，无形之中就给自己的写作设定了数量及频率的标尺。在这样"类KPI"的束缚下，包括我在内的作者有时会主动追逐热点，憋出适合自己的体位切入进去，很多时候其实对所写作的领域根本就是一知半解，作品就是七七八八凑一堆，甚至更多的是情绪消费。譬如最近热传的"腾讯入股大众点评"一事，很多自媒体人展开了同题写作，阿表因为不懂所以一字未写，但我对比同话题的文章，发现赵楠的巨作就异于常人，我仔细想了想，原因可能在于他长期研究这个领域，对于这个热点的解读不是浮于表面而是真的拿计算器自己算了算，从数据里挖掘出事件的本质。这是硬桥硬马的真功夫，值得我们体位派学习。当然像我一样对产业了解不深的自媒体同行也不要自暴

---

① KPI即关键绩效指标考核，KPI心理即一种在指标考核压力下产生的不断追求更高指标的心理。——编者注

自弃，只要不是不知深浅被热点绑架，咱们可以贩卖认知盈余、阅读体验、切身感悟，咱们总有自己熟知的领域，总能泛起一片涟漪！

长期进行科技评论写作最容易陷入套路化、模式化，因为很多时候行文只聊宏观的就可以了。譬如你了解O2O的基本规律、移动互联网的基本走势、BAT（百度、阿里、腾讯）的布局方向，往浅显了说你基本上可以公式化操作一篇文章了，往具体了说腾讯收购大众点评、收购京东你都可以用一个方法论总结——缺啥补啥，然后大家伙儿再就"补得对不对"进行一番争论。

"自媒体沙文主义者"算是另一种坐井观天。我们浸淫一个产业时间长了，业务水平确实会有提升，但对世界的感知反而变得狭窄了。最典型的事例莫过于春节时期的微信红包，很多分析师急吼吼地宣称微信支付数日就颠覆支付宝了，各种骇人数据争相出炉，如果你的视野足够下沉，了解得更深入一些，就不会加入这场言论狂欢中跟着蹦蹦跶跶。同样，对于移动互联网的思考、O2O的解读、安全产品的分析，包括自媒体在传播领域所占位置都应该兼顾一线城市以下的认知，保持冷静、客观的态度。

犯有"自媒体沙文主义"的人通常也是"互联网激进主义者"，其显著特征就是否定他不能接受的东西，盲目信仰他能接受的东西。譬如他们认为互联网思维能颠覆一切，对传统产业七个不服八个不忿并以互联网显微镜从头检视到脚，无视产业规律将互联网视为包治百病的灵丹妙药，传统产业一旦引入互联网改进生产进程就奔走相告大呼胜利。通常他们的心理特征与呼唤小米进军房地产的米粉处在一个水平线上。

"自媒体沙文主义者"还特别喜爱琢磨各种群体，其中就有我讨厌的"断代分析法"。最近见到了各种对于90后的分析，类似这样的PPT或者报告多半是扯淡，和当年分析我们80后一样，又什么叛逆、自我啦。"文革"时期的红小兵哪个不叛逆，爹妈、老师拖过来就揍。说90后都不想买房，呵呵，这得看60后70后的爹到底行不行了！有的90后爱看"来自葫芦屯的你"，有的90后天天在追"乡村爱情圆舞曲"！给社会群体贴标签绝对是智力上的偷懒，而"自媒体沙文主义者"就拿着这些报告奉为圭臬指导行业喽！

说了这么多，既然我们是风口上的猪，那就切记我们依然是猪，是中国最底层的写作者，不高视但敝帚自珍。

未来，自媒体写作者肯定要往专业、纵深的方向发展，体位竞争越来越激烈，百花齐放、百猪争号，订阅者的口味越来越挑剔，《新闻联播》避不开，但放弃一个公众号的成本就很低了，压力巨大，还得修炼内功策马扬鞭！

你那么爱抖机灵，上辈子一定是筛子

"抖机灵"这个词应该是从知乎火起来的。你总能看到有人把知乎上简单又风趣的答案做个合集分享出来。现在知乎好像挺反对这种风气的，因为那些踏踏实实答题、吭哧吭哧写了一万字发出去的老实人，回头一看，还没人家140字获得的赞多，所以很沮丧，甚至开始怀疑人生。

咱们从"抖机灵"这个词来说，浑身都是段子的人，像郭德纲老师那样的，连口水里的"机灵含量"都很高，他好好站着说话就行，根本不用抖。只有那些没什么幽默天赋的，才得极尽扭曲自己的姿态，浑身颤抖，祈祷能掉出点机灵来。这样做的后果往往就是：你痛快嘴了，我们得尴尬癌了。

这不，今天腾讯开了个"云+未来"的峰会，马化腾亲自站台，广东省的领导也去了，规格之高可见一斑。在会上，某领导在发言时说了这么一句话：马化腾的"腾"是腾云驾雾的"腾"，所以我觉得腾讯不做云，马化腾都对不起他爸。

我想当时坐在台下的马化腾肯定感到了深深的诅咒，他不能起身去打领导，也不能让省领导看起来精心准备的包袱掉在地上，他只能……

领导的这种行为就叫抖机灵，而不是真幽默。幽默是在事实的基础上进行夸张化的表达或制造让人意想不到的情境冲突。马化腾的"腾"还是飞黄腾达的"腾"呢，他不做黄网是不是对不起列祖列宗呢？马云咋不养马呢？李彦宏咋不卖口红呢？刘强东咋不做东呢？这个还是算了，京东日子也不太好过。

咱们再说回百度的某部门领导刘超，他在一场演讲中抖了个机灵，先晒出四个美女图，说我不是因为她们漂亮才招进来的，她们以前可丑了，是进来之后被我们传染的。如果是熟人之间开这样的玩笑，倒也无伤大雅，可你对着公众说，就让人感受到浓浓的恶意了。不分场合硬抖机灵的结果就是，对于女性的不尊重成为刘超不专业之外又一个让人追打的槽点。

我之前在一次主持活动中也抖了个机灵。那是一个药企的活动，我在结束致辞的时候说："希望你们的药都在货架上落满灰尘，相信健康、快乐的生活是我们在座每一位朋友的追求。"我这一说完看到台下领导的脸都绿了，礼貌性的鼓掌都没有。我心想完了，早知道提前把主持费结了就好了。

其实"只要世上人莫病，何愁架上药生尘"是一副经典的药店对联，但我忽视当时的情境，人家要宣传的就是送药服务，你这么一说，虽然人文关怀的高度上去了，但它就是扫兴，让人不舒服。

所以，对公众讲话，求稳是最主要的，如果没有幽默的天赋，千万不要强求、强抖。从性价比上来讲，你说话磕磕巴巴，顶多让人没兴趣听你讲，埋头刷朋友圈就好，互不伤害，大家都习惯了，对吧？你若不抖，便是晴天。你要是开个不合时宜的玩笑，有可能伤害到他人不说，大家甚至会质疑你的品性，实在是不划算。就像我有一个朋友，平时也不爱看书，不是啥文化人，有一次非得跑到国外像报菜名一样报作家名，最终成了国际玩笑。

拘留所里走出的自媒体

"白银杀人事件"^①出来后，看了几篇特稿，还是没弄明白高某为什么杀人、怎么杀的人，倒是对甘肃白银这个城市的地理风貌、历史变迁烂熟于胸，谢谢这帮地理老师，啊，谢谢咱们记者。

自媒体时代，见多了抽风式的断行，每行二十个字，再配点表情包和动态图，裤子褪到脚脖子，广告露出来了，十来万也揣口袋里，美其名曰"脑洞广告"是也。大环境如此，导致稍微有篇特稿出来，大家就奔走相告，涕泗横流啊。你说文章写得有多好吗？真不见得。就是方便面吃够了，乍一看工艺略复杂的炸酱面，新鲜得不得了。

"白银事件"的特稿，我功力尚浅，但是眼睛一闭，大概知

---

① 1988—2002 年的 14 年间，甘肃省白银市有 11 名女性惨遭入室杀害，2016 年 8 月终于抓获嫌疑人。从 2016 年 8 月 26 日至 9 月 6 日，媒体关于该事件的报道约 8560 篇。——编者注

道什么套路：时代必须是变迁的，社会必须是矛盾激化的，人们必须是被遗弃的，城市必须是压抑的，杀人犯是受过刺激的，警察叔叔也是很努力的。

现在很多特稿只能算是"扩写练习"，把简单的事用做兰州拉面的方式抻成多条毛细，以掩盖信息量不足、主线不丰满的缺陷。光说不练假把式，我没吃过猪肉但看过猪跑，今天阿表就使用"扩写大法"，胡整一篇特稿。特稿属于非虚构写作，但阿表为了教学效果，就虚构一件事，特简单：2016年，北京，冬天，舸冷，我去菜市场买菜，和缺斤少两的大妈发生了肢体冲突。

阿表为什么要打大妈呢？这背后有着什么样的时代激荡呢？隐藏着什么样不可调和的阶级矛盾呢？家庭是怎么影响他的呢？他的生活状态、心理状态是什么样的呢？这就需要特稿告诉你们了。

特稿标题必须简短、虚掩、耐人寻味，远学何伟、近学欧逸文，就叫"拘留所里走出的自媒体"吧。特稿开头非常重要，所谓凤头猪肚豹尾。

　　许多年之后，面对那张拘留单，三表将会回想起，在十里堡菜场与大妈厮斗的那个遥远的下午。

　　沿着十里堡华堂商场旁边的羊肠小道，直到尽头，一条红色的横幅撞进冷色调的冬天，上面写着"拒绝黑中介 远离群租房"。横幅后面，一片低矮的群租房就藏在刚开盘的万科世界城身后。自媒体人三表每次经过这里，都会下意识地捏捏自己的钱包。"9万一平，想钱想疯了吧？"伴着剧烈的咳嗽和哮喘，三表指着一米之外的工地，双手大幅度比画着，差点打到后面推着婴儿车的年轻人。

"房价噌噌涨，人家抢着买。老子稿费涨一千，客户就叽叽歪歪的，真是惯的。"提着一堆中药，三表左手撑腰、右手扶着栏杆，艰难地爬往他的住处——11楼里一个用胶合板隔出来的8平方米插间。"那大妈就是讹我，觉得外地人好欺负，本质上就是排外，是户籍制度的恶果。"他喘得厉害，几乎一字一顿。

三表先让记者低头、侧身进屋，接着扔过来一块破了洞的坐垫，上面几处可疑的黄色斑迹分外刺鼻、醒目。他示意记者在窗台上坐下。"委屈你哩！哎，小心，小心，那奖杯碎过一回。"那是一个黑色底座、白色玻璃杯体、狐狸形状的奖杯，上面布满了油腻的指印。"前年搜狐发的最佳科技自媒体奖。你说，前些年他们多重视咱们啊，特长远、特战略，现在完了，张朝阳又捅咕视频去了，大家伙儿没了心气，就散了。"

三表的老家在距离北京近一千公里外的苏北小县城灌南。老家客厅的橱柜上，也有一个奖杯——1998年灌南县"礼赞祖国"歌咏比赛一等奖（小学组）。三表的父亲二表每次擦拭奖杯时就会和妻子唠叨："要不是做生意失败，咱家阿表现在得比陈奕迅还红吧？"

20世纪80年代末的春夏之交，在北京大学中文系读大三的二表被学校开除了。因为某种原因，地方没有单位愿意接收他。"整整两年，就是喝酒、写诗。有些事怎么想也想不明白，索性就颓着了。"后来，上头发起"抢救地方志行动"，文化馆缺人，二表被叫去帮忙整理档案，没有编制，但总算有了点收入。每次同事叫他"北大才子"，二表总会加上一句"肄业、肄业"。

1993年，三表的出生改变了这个家庭的运行轨迹。"八斤二两，胖着呢，不像现在，猴子似的。"三口之家的生活花销靠着一个普通文化馆职员的工资显然是不够的。翻开灌南县1996年人事档案记录，有1500人选择了下海，二表赫然在列。

1996年6月5日，二表永远也不会忘记，去往局长家的路不过百米，却是他走过的最漫长的路。把东拼西凑来的3000元钱塞到一本诗集里，第二天，拖了许久的"停薪留职"办妥了。

"打那天起，我就不是文化人了，再也没写过一首诗。"1996年，苏北之北的灌南，四野空空茫茫，棉纺厂的烟囱沉寂着，压铸机厂的机器不再轰鸣，烈士陵园的广场上，人们在焦急地讨论不可知的明天。小西湖，灌南最著名的商业街，一千多米长的碎石水泥路，鼎盛时期有三百个商家分列

自媒体，观点即力量 ／

道旁。二表的"财源录像厅"就在这条街与四马路交会的一个胡同里。"支个大喇叭在外头,一天收入大几百块,放的都是港片,夜场学生叫喊着要看日本的,也会放,很来钱。"

三表5岁那年拥有了自己的钢琴,灌南县第一台。教他的老师是"文革"时期从南京下放到灌南、吃过洋墨水的老头,洋气非凡。二表认为自己吹了三年的牛兑现了。他对儿子的音乐天赋很有自信,到现在他也坚信自己的判断。初中之前,三表大大小小的奖项拿了不少,直到"财源录像厅"倒闭。

二表现在在电视上看到成龙还会骂上几句,他认为是成龙代言的爱多VCD灭了"财源录像厅"。二表的妻子则偷偷告诉三表龙门阵的记者,二表是一次玩牌九,被朋友设局坑了,家里房子都卖了。当然,钢琴也被抵押了。

三表的音乐之路戛然而止,可他一点也不觉得可惜,音乐能拯救什么呢?屁用没有!那是我爸的梦想,不是我的。适逢叛逆期,即使离家很近,三表也选择了住校,与父亲交流很少,如果连吵架也算的话。二表家对门的老王至今还记得,有一年冬天,二表把儿子藏在枕头下面的博尔赫斯的《恶棍列传》撕了,父子两人吵得很厉害。"那孩子穿着秋裤就跑出去了,外面可下着雪哩,脾气真爆。"

二表不愿让儿子学文,他并不想多解释,也否认和他当年大学遭遇的变故有关。他觉得儿子干自媒体是不务正业,

"东一榔头西一棒"。"那照相机我一次也没用过，说是干自媒体挣第一笔钱买的。""不想用，用了就等于认可他干的事了。有次他被封号了，本想劝劝他，国家的事儿能是年轻人瞎指点的吗？早晚吃大亏。""后来没说这事，一说就挂电话，他妈也不让说。"

自媒体这事，三表坚持认为父亲是不懂，自己是懂不了。他指着新榜的一个榜单对三表龙门阵的记者说："看看这些货，都是二道贩子，一个个估值好几亿，全是吹牛，有半点文学性吗？拿鼻子一闻都是铜臭。"说到激动处，他左手一挥，烟灰缸整个翻在了枕头上，情绪又到了别处。

"你说我是不是第一个被拘留的自媒体人？"不等我回答。"绝对是，我跟你说。这架本不该打，乐视拖稿费拖得我心烦，你一卖菜的还缺斤少两欺负我，我才挣几个钱啊？我能不上火吗？这就是一互害的社会，底层人民互相倾轧，讲道理不行，两口子揍我。警察来之前，往自己脸上抓了两道印，说是我抓的……"

如果不是催稿的电话进来，他看起来没有结束这个话题的打算。"五千，不能再少了，你这是急活，江湖规矩。"撂下电话，他不无得意地告诉记者，"其实三千也行，我爸一个月退休金才多少啊！"

冬天的夕阳格外无力，匀进这8平方米的小屋又打在三表脸上，旁边的租户狠狠敲墙示意我们小点声。第三次了。

自媒体，观点即力量 ／

"一帮小姐，大白天睡毛觉！"他随手操起一件毛衣，胡乱一套，邀请记者去一家名叫"纯K"的KTV唱歌。二表喜欢崔健，被开除那年，他唱着《一无所有》头也不回地出了校门。三表也喜欢崔健，在包间里，三表点了两次《蓝色骨头》，两次唱得音调完全不同，也都跟MV里的音准合不上。他靠在沙发上，渐渐松弛，长期浮现在他脸上悲喜快速切换的神色，渐渐消失了。无人喝彩，他为自己按响了屏幕上的"欢呼"键。

同道大叔的命与创业的坑

晴天一声雷，同道大叔赎身了，套现1个多亿，彻底上岸了。自媒体圈奔走相告，眼热至极。怎能不羡慕呢？人家一年营收五千万，一直活得美滋滋的，临了还玩笔大的，一点弯路没走，这业创的可真够潇洒的，命真好。

另一边，"空空狐"的创始人余小丹就不那么走运了，下替团队操心，上跟投资人较劲，活得累不说，最后落得一场大病，事业也面临崩盘、出局，这业创的可真够糟心。

我觉得这两件事就代表了近来创业大潮中的两个极端现象。潇洒的人是极少数，全国那么多玩星座的，也就出了这么一个同道大叔。倒是余小丹这样的境遇，很多创业者虽没惨到如此程度，但睹伊思己，不免看到自己也瑟瑟发抖、战战兢兢的影子。

你必须得承认创业首先是需要天赋的，它包括敏锐的嗅觉、长袖善舞的身姿、待人接物的情商，以及瞬间满血复活的自我调控力。这些条件绝大部分人都不具备，我也差得远。

这两年参加了一些会议的圆桌讨论，身边围坐的都是拿到投资、团队作战的嘉宾，这个总、那个CEO的，为了显得自己不那么格格不入，轮到自我介绍时，我总说：咱是三表龙门阵CEO兼财务和打杂。主持人发现破绽了，所以总会抛给我"月经式"的话题："你为什么不考虑找几个小伙伴一起干呢？"现在，我几乎都会抢答了。

我觉得一个人做视频，条件虽不周全，但会让你注意力更加集中到内容这个本质上来。如果一味等最好的摄像机，聘最好的摄像师，购最好的灯光，捯饬最好的布景才能开干的话，往往发现自己最缺的是耐心与耐挫力，最终刀枪入库，草草收场。所以，追求外在的华丽就是创业的坑之一，比起特效、转场、普通话，更重要的反而是立马动起来的执行力。

有一个视频领域的头部账号，创造的业绩与声量都是业内的标杆，有一次我发现它在某次推送的二条放了一家电商碰瓷淘宝的软文，想必又挣了百八十万，可我实在是对他们倒了胃口。不过想想倒也可以理解，面对嗷嗷待哺的庞大团队，你在传统媒体积累的审美很容易在业绩面前崩塌个轰然倒地。创业了，恐怕唯一的态度就是追求盈利。所以不能做自己，这也是一个坑啊。

在内容创业方兴未艾的时候，我也获得了和投资人接触的机会。我印象特别深的是一个早期FA（理财顾问）机构的人找我喝了杯咖啡，就着汉堡，聊怎么把蛋糕做大的事。我们彼此总有话不投机半句多的感觉，最后我手一摊说，我还是摊煎饼比较自在。后来，我的手机就不断收到他们的广告短信，被迫了解了一些内容投资领域的动向。我就感叹，投资人真是"贼不走空"，没跟你合作上，但把你变成短信推送对象也是极好的。上文提到的余小丹自述，每天都要向投资人汇报当日业绩，或许这是行规，可在我这样性格的人看来，你天天问我的选题、粉丝增长情况、阅读量、广告营收，我肯定得掀桌子了。拿几个臭钱和自由自在，你选什么？每个人的答案、选择都是不一样的。像冯大辉这样的知名人士创业，还得从很多慕名而来的投资人当中，一眼分辨出谁是来套磁的谁是来送炭的，这可真耗神呢。所以创业要与天斗与地斗与鬼神斗，这也是个坑啊。

我有个创业的球友，小伙贼帅，球踢得也好。等他打通了任督二脉，上了创业的贼船，球都不来踢了，人家乐视的朋友天天在辟谣，那么忙，都从未缺席。小伙的朋友圈也不浪了，思考的都是企业管理和行业朝阳。于是，球场就剩我这样与世无争的和创业成功的家伙了。如果他再出现在球场，那一定是功成名就了。

我还有一个创业的朋友，总也不换女朋友，我们就问他为什么呢。他说，保持感情稳定是创业成功的先决条件。后来，他还是换女朋友了，换成了右手，事业蒸蒸日上。原来，没有情感才是创业成功的先决条件。你看，斩断七情六欲，抛弃心头所好，过着苦行僧似的生活，这也是创业的坑啊。

昨天翻看朋友圈，一个在做体育内容创业的朋友发了一段话很让我感慨。今年初，因母亲住院做手术，他晚上陪护，白天去见投资人，他说他的目的"单纯而贪婪"：团队和母亲都要活着。母亲进手术室的那一刻，他还在跟投资人沟通条款，最后，pre-A轮融资是在医院里签的协议。你说，创业没有一颗大心脏能行吗？

以前我还总吐槽创业者，现在想想，我有什么理由吐槽全中国最勇敢的这批人呢？以后，和创业者吃饭，我必买单，喝最好的酒。因为能陪你出来坐一会儿的创业者那一定是最靠谱的好哥们。

创业磨炼心性，躲完坑了躲暗礁，创业者大不易。

我担心咪蒙病了

自媒体舆论场有个奇怪的现象：咪蒙骂别人是傻子，自媒体愤而指责咪蒙是傻子。

我曾经撰文批评过自媒体行文的秽语化，目前看来，我们还是很难在自媒体圈欣赏到一场高级的文字辩论。

这当然不是写作者学养的问题，而是市场需要什么，他们就提供什么。市场需要关注度，情绪调控是最好的捷径。"傻子"一词无疑是外在情绪恶化的最高级表现形式。咪蒙往最高级走，反驳者也只好站在一个水平线上勉力一战。

咪蒙不可能是傻子，在我看来她只不过选择了一种市场化的写作方式。就像你打开一个兵器库，六神磊磊选择了方天画戟，三表选择了铁喇叭，罗振宇选择了算盘，咪蒙也选了她称手的兵器——裘千尺嘴中的枣核钉。她不是第一个选枣核钉的，但她玩得最好，所以"称手"变成了"最称手"。

兵器有了，就得有山头，就得开宗立派，就得有行走江湖的螳螂拳，我们称之为生产方式和生产流程。咪蒙操弄议题的方式已然套路化了，挑选那些本就相生相克、总也无法达到和谐的命题，然后坚决站在能赢得更多大众选票的一方，收割海量的关注度。例如：强弱之间该不该互助？甲方是不是很水？交朋友该不该门当户对？对亲近的人该不该说谢谢？

这些话题本来就无定论，环境不同、身份不同、个性不同，答案自然不同，那怎么能通通把反方往傻子的位置推呢？对，必须极端化，弱者必须是不懂礼貌、不解风情的大傻子，甲方必须是极其不专业、口出恶言的盲流子。把一头猪按到尘埃里，你看到的挥刀过程才过瘾、才刺激。

在我看来（注意，我没有实锤），这样的故事和人物设定都是经过设计的，而不是真实存在于作者的生活中，它存在于作者为生意而创作的作品中。或许有人认为故事真假不要紧，观点对即可。我不太认同，因为基于特定极端对象，你却给出了一套普世的解决办法，忽视人性的模糊边界，忽视群体的多样性，这种贴标签的做法很容易误导读者。

为什么爱贴标签？从收益角度来讲，了解一个人、一个群体、一个行业，她耗费的时间成本太高，且了解这些对她来说并没有好处。所以她贴个标签，只为表态，只为发动某个话题的需要。给一个人打上标签，是找寻同类抱团的捷径，尤其在互联网环境下。

与之三观相悖的人内心大抵都有英雄情结，总期待东东枪、和菜头这样的文字好手替自己出口恶气。然而，咪蒙只须拿出后台截图和报价表，昭示这一自媒体时代的主旋律即可，难道不是吗？环时互动的老金曾用实例证明，投放咪蒙，转化率特别高。或许对于咪蒙来说，一个市场化的写作方式赢得市场、客户的认可了，这就是一个内容生意者的胜利。

所以，不要期待英雄了，你可能更需要一针疫苗——预防被操弄情绪的疫苗。指望有人打倒她、封杀她，这是一种法西斯思维；指望她不红了，这是一种弱者思维，对不起，这是由市场决定的。如果你认为身边的人都不喜欢咪蒙了，那也是一种"幸存者偏差"，情绪市场的用户是海量的，前仆后继的，生生不息的。

我更关注咪蒙作为写作者的心理建设。长期以提线木偶师的方式操弄情绪，总是编一个假故事引出站在剃刀边缘的观点，这种剑走偏锋的创作方式和情绪会反噬创作者，因为不太健康。

《南京大屠杀》作者张纯如，在写作过程中经常气得发抖、失眠噩梦、体重减轻、头发掉落。她面对的是尽显人性恶劣、残忍血腥的历史。不可承受之重，终于让她掏出手枪结束了自己36岁的生命。

莫泊桑极其善于观察生活，而生活中种种的阴暗与苦难又不断在刺激他的神经，随着抑郁苦闷与绝望情绪的日渐加强，1893年，他自杀于精神病院。他死后，邻居们还说，他有钱，有名声，为什么要自杀呢？

所以，你们在关心咪蒙红不红时，可能只有我担忧她的心理状况。她长期行走于极端，游离于戏剧化的设定和真实的人生（如孩子上学的事，毕竟很残酷），市场的如潮反馈只会让她策马扬鞭、继续前行。但愿我是杞人忧天吧。

当然她的反对者，你们也不要被情绪反噬了，有些事一顿烧烤就能解决，而咪蒙可能帮不了你。枣核钉不是你擅长的，你描绘更多的善，如太阳般美好的画面，她盯住的只是黑子。

只是我搞不懂，那些有影响力的人，为什么不在公共话题领域发声，而在脐下三寸或胡子以上争个快活。所以创作者与看客共同营造了一场又一场低质量的狂欢。

一条的成功对我们并没有什么用

晚上参加完山寨发布会举办的视频节目制作与推广培训才到家，想想今天的群发机会如果浪费太可惜了，值得用高射炮惩罚，所以尽管饭在桌上、人在床上，我还是赶紧先整一篇。

一条的徐沪生最近出来分享了，宣讲的PPT理所当然地在朋友圈刷屏了。这是一个成功者在当下的标配待遇，他们可能没有乔布斯那样的"现实扭曲力场"，但"朋友圈扭曲力场"肯定是足足的。像阿表这样的200线艺人除了帅气与快乐之外，并没有什么能留给你们。

徐沪生的成绩单是亮丽的：百万粉丝、千万级营收。三大段子手天团不出谁与争锋！同样是自媒体，我们看了之后难受不难受、羡慕不羡慕、嫉妒不嫉妒？至少我会有，但如同其他自媒体人一样，我对外展示的情绪是：钦佩、向一条学习或者是"他红由他红，清风拂山冈"。

都是做视频的，我现在和徐沪生是同行，一条，那是三表龙门阵的友商。但一条的成功对大多数自媒体来说并没有什么用。徐沪生总结成功的原因提到很重要的两点就是：原创与all in（全情投入）。

关于原创，腰杆子硬的徐沪生显然站在了"原创鄙视链"的顶端，他是这么说的："一条从一开始就不做二手评论，我们做采访报道，做原创。二手评论，算不上真正的原创。一个人在电脑前写评论，编段子，三年下来，还是没有资源。"

因为很多自媒体人不具备采访、报道、深度挖掘的能力（三表龙门阵选择了虚构，也就是杜撰），想和雷军聊三小时，人家都不请你，只能选择做评论。这个成本低、快而且具备可持续性。干好了你就是朱大可这样的批评家，干不好你一辈子也入不了徐老师的原创视野。

徐沪生治下的一条有强劲的内容生产力，这个事实已经被验证。尽管有人说，不就是好看的广告片吗？但你得承认把广告玩出情调这就是能力，这就是阻止竞争对手进入的壁垒。现在这个时代，人们不是讨厌广告，而是讨厌拙劣、看完大呼上当、谋杀生命的软文。当然，优质的内容也来自徐老师深厚的媒体素养及强大的团队。一个老板的品位是上档次的，他又骑在内容团队头上盯活儿，不会走样的。

就冲这点，很多自媒体就学不来了。自己写得油枯灯尽，后来弄个小团队，五六个人，并没有赛过诸葛亮，搞的东西东扒西扒，深加工都没有，谈不上腔调啊。

早些年，我掐指一算，在微信公众平台上必然会有一家传统媒体背景的公众号华丽转身、呼风唤雨，它们有这实力、有这品位，也能划拉钱，时代不选择一条也会选择二条。

人家all in了，尽享广点通的红利期，千万元砸进去，效果也出来了。如果换成你对投资人说咱们花点钱导点粉丝试试吧，备不住就被骂个狗血淋头呢！

事实证明，就像梅西只有一个一样，想复制一条的成功路径已经不太可能了。我接触的几个高格调厂商让推荐几个格调相符的公众号，掰着手指头数也就是一条了。有钱的土豪很多，自诩有品位的也很多，但这不是1+1的事儿，机遇、胆识、运营等因素也很重要。

很多人跟我说罗振宇、吴晓波这些人在微信时代红起来是有原因的，人家之前就有声誉势能，咱们比不了。但我们也要看到同样具备这些能力的王振宇、表洪波没火，说明啥？思路决定出路！老毕在央视没活了。老毕知名度大不大？比你们高到不知哪里去了！来开个公众号就必然火吗？肯定不行，因为大妈大爷不看公众号。

所以呢，一条的成功对我们（自媒体人）来说并没有什么用，这个有点标题党。可以借鉴的有什么呢？

1.有辨识度的风格。是嘻哈、是装紧，百十篇内容搁那儿，一打眼就知道是你弄的，那才行。

2.尽量选择一个垂直领域，有能力砸钱赶紧砸。

3.别拿自己当渠道，要有核心生产力。

4.要勤奋，你光看一条赚钱了，其实员工每天工作10小时以上呢。

5. all in 有风险，成功有偶然性，当年概念和一条一样牛，现在也扑腾不起来了。

6.有多大屁股穿多大裤衩，赚千万就要操千万的心，服务好100个读者，那也能收获不错的果实。

7.公众号取名要带数字。一条火了，二更也不错，快轮到三表了，因为隔一个数的"4相"已然火了，"王五四"也快了。

虚妄的粉丝

WeMedia联盟曾搞了个征文比赛，各大门派使出浑身解数，斗得是昏天暗地，江湖又是一场血雨腥风！

阿表作为武林奇葩，"独特体位"派大师兄，欣然应战。在老少爷们的加持下，咱脚踢北海蛟龙、拳打南山猛虎，目前稳居前十。在此谢过搭把手的各位。

比赛虽然精彩，好作品层出不穷，不少闭关辟谷很久的高手也带来了2014最炫民族风。不过也有人说了，这帮自媒体人吃相咋这么难看呢？就差雪地裸体跪求了！阿表认为，皮裤套棉裤，必有其缘故！以前大家直接或间接地听说这个那个自媒体人的影响力多么牛，但是微信官方是不设排名的，就靠民间百晓生排排座了！好比我认为小道消息在微信公众号的地位与蔡康永在新浪微博的地位差不多，这也是我一厢情愿的猜测而已，并没有数据支撑。这次擂台赛正好"是骡子是马拉出来遛遛"，谁在裸泳一清二楚，谁更有号召力一清二楚，谁的活跃订阅者更多一清二楚。当然这并不绝对，因为每个人对比赛的投入程度不一样，另外有些账号的订阅者比较高端，也不会积极参与投票。

这次大赛衍生的话题很多，最热门的话题就是"论粉丝团的重要性"。确实如阿表所见，平时就注重运营粉丝群体的自媒体人在比拼中屡屡占据上风，令旗一挥、三军用命，煞是好看！不信广告，就看疗效。很多自媒体人元气大伤之余如醍醐灌顶，纷纷表示要把粉丝运营作为2014年工作的重中之重。

阿表剑走偏锋，在公众号里推了两次拉票信息，朋友圈发了两次（总共553个好友），公司同事帮我投了些票（可能还不少），这些小动作之外我连女朋友都没动员。如果下届还有这样的征文比赛，阿表可能后果难料，惨是惨了点，但我不会东施效颦成立粉丝团。

三表龙门阵的内容目前以互联网评论为主，这就决定了受众里不可能有可称为"粉丝"的群体存在。我不喂鸡汤、不谈风月、不指引你职场方向、不教你怎么在朋友圈卖货、不为怀疑人生的你答疑解惑，我天天活跃在互联网揭黑一线，喷完这个喷那个，损完智能穿戴再骂智能电视，这个领域的写作者怎么会有粉丝呢？看陆琪也看三表，那就真奇怪了！

阿表一直把你们称为"订阅者"而不是"粉丝"，有时候我一不小心说错了，呸呸之外还会自己掌嘴。我发自肺腑地认为在科技评论同质化的今天，你们需要不一样的阅读体验，而我恰好提供了这一切，所以你来到了三表龙门阵。我历来主张独立思考，并持之以恒地启发你们独立思考，我文章发出来之后如果评论里都是：阿表说得对、赞……那就太恐怖了！相反，有反对意见出现我就像SM（受虐狂）控遇到皮鞭、蜡烛那般兴奋。称你们为"订阅者"或"读者"，是对你们独立思考能力的期许和认可，是对你们精神活动的一种描述；称你们为"粉丝"，浅了说是一厢情愿，深了说是抹杀了一种精神活动却强化了精神病的一面！说白了，咱们的关系很简单，我写了你看了，你不爽你骂了，我回骂了你还不爽，那就你行你上吧！

我不觉得除了写文章之外，我还有什么魅力值得有一群人追随。你们都想象不到躲在文章背后的这个处女座男人有多糟糕，你要是因为稀罕三表龙门阵的内容不幸成为粉丝一员，额外就得包容作者的吃喝嫖赌吹，这价值观该有多混乱！你日后一旦想转身得有多么尴尬！说一句"爷当年真是瞎了狗眼了"真的很潇洒吗？

粉丝团一旦建立就意味着群体动作一致、局部信仰一致，我真的不敢相信有一堆人聚集在一个群里天天吹捧三表，有个良心犯说了三表半个不好就会被激进主义粉丝逐出师门。然后这帮人还打着我的旗号出去做些什么事，这太恐怖了。这种集体无意识是我无法控制的。粉丝数量一旦到了某个量级，必然会绑架写作者，轻则催更重则寻死觅活；写作者在满足了虚荣感之余，也必然会把这些粉丝利用起来。写作者如果迎合粉丝口味生产内容，那太可悲了！你打开群，一帮人说最近阿里做游戏这事挺火的，阿表你给喷喷呗！你傲娇地说句大爷没空，平易近人的形象瞬间坍塌，粉丝说不定就作鸟兽散了！这些激进主义粉丝特别瘆人！我记得小峰老师就说过：他们一般以自己的认识能力和程度来要求他所崇拜的人，在商业和信息发达的时代极容易形成这种现象。因为我是你的粉丝，给你带来商业价值和利益，所以我功不可没，跟衣食父母一样。所以，你跟我儿子阿毛一样，处处都得按我想象的样子去做。一旦你背离了我，我就认为你是叛徒。

移动互联网把本来很庸俗的偶粉关系更进一步庸俗化，甚至模式化。偶粉之间可以随时互动，虚拟空间达到零距离接触，频繁互动就容易高潮。阿表是没精力去维护一个粉丝社群的，哪怕一个群都没有时间，我也没什么责任感，亲情爱情友情之外的关系我都觉得是负累。我在群里干吗啊，看你们欢呼雀跃奔走相告：阿表更新啦！快看啊！别让他跑了啊！然后打开后台一看：沙发！沙发我的！二楼是傻冒！招一群帮手维护粉丝就更扯淡了，你们又不是工具，把你们囤积起来，哄你们开心还不是为了卖吗？你们挣点钱容易吗？我胡扯两句你们就掏钱？还是剥削资本家比较好！

那么没有粉丝社群，是不是自媒体就做不大了呢？三表龙门阵目前考虑的还是把内容做到极致，足够差异化，足够有态度，足够有体位，我的风格不会随着订阅数量的增减而调整，总会有那么一群人即使沉默但和你惺惺相惜，而不是总会有那么一群人等着你去收割。如果你死皮赖脸非得认为是我的粉丝，那没关系，不用让我知道，我也不会把你们聚集在一起，"维护"你们。

写了半天，我姐却认为我可能想多了，她认为其实三表龙门阵是真没什么粉丝，所以才说不会运营粉丝团体。最大的黑居然是自己的亲人，真是始料未及。

真的，你会不会突然出现在街角的咖啡店，带着笑脸回首寒暄，对我说一句，只是说一句：老看你的文章，没想到真人这么矬！

我支持"跟风营销"

没错，我支持跟风营销。有的朋友肯定觉得奇怪了，你作为紧密团结在小道消息周围的脑残粉，怎么能和"道中央"唱反调啊？道理很简单，我现在也是声誉日隆的自媒体人了，该输出自己的价值观了，怎么能拾人牙慧呢？可能还会有人说，三表你为什么不通过视频来阐述今天的这个观点呢？道理很简单，冯大辉出了剪刀，那我也出剪刀，我出锤子那就胜之不武了，谁剪刀大，各位看官自己说。

首先，我觉得跟风营销填平了小微企业与巨型托拉斯之间的鸿沟。在以往的营销环境中，大型企业、驰名品牌凭借雄厚的财力、优渥的资源、强大的人才储备，很容易在传播这条跑道上率先撞线，令小家小业的望尘莫及。

现在局势起了变化。一个突然而至的热点事件，就相当于一场点球大战。就算大企业是梅西，是C罗，是马拉多纳，也可能倒在12码线上。而你是郜林，是王大雷，是回龙观幸福社区的替补中场，也可能稳稳命中这个罚球。

发现没，无法预测的热点，挤压到十分钟以内的反应时间，只为精妙贴合鼓掌并进行传播的裁判（网友），在这些条件下，传播比拼的元素更纯粹、更平等了。有些名不见经传的品牌就是因为反应及时、创意奇巧，赢得了巨大的关注度，甚至在案例总结文里与杜蕾斯站在了一起，接受网友的膜拜。

一个怀才不遇的创意人在遇到一个热点时，就像花千骨遇到了杀阡陌，傅盛遇到了雷军，你得到了"一球成名"的机会，你的命运很可能由此改写啊，同学。赶快行动吧，好吗？

这时候，我仿佛听到冯大辉从遥远的内蒙古大草原发来嘲讽："年轻人还是应该踏踏实实的吧，别总想这些投机取巧的事。"是啊，听妈妈的话，我们压根就不该上朋友圈啊，那些女孩太妖艳，画面太美，太危险啊。

这就落到我支持跟风营销的第二个理由上了。跟风营销与踏踏实实运营根本不矛盾。有时候往往地图炮[①]一开，就想当然地认为跟风营销的企业就是不务正业，专事"奇技淫巧"。跟风营销就是一个轻骑兵的行为，既不恋战也无须兴师动众。它可能就是一个文案和一个设计，抽根烟的工夫就能搞定的事。像阿表这样文案和设计双修的奇才，打个饱嗝，借势海报就出来了。没有一些人想的那么复杂、困难好不好啊！没有任何一个公司傻到全

———
① 地图炮，网络用语，指一些大规模杀伤性武器或魔法。——编者注

员趴那儿忙活怎么 P（图像处理）一张宁泽涛的海报好不好啊！我要是老板我一定会鼓励创意部门这么做，因为我看他们无所事事憋不出创意在那儿刷朋友圈，我更闹心啊！

这时候，我仿佛听到冯大辉从遥远的内蒙古大草原发来嘲讽："跟风营销有毛用啊，能当饭吃吗？能拉动销量、下载量吗？"唉，理都懂啊！但不是每个企业都拥有一个冯大辉啊，隔三岔五推荐公司产品，网友还舍不得拉黑！

这就落到我支持跟风营销的第三个理由上了。一个企业做了很多但没啥效果的情况多了去了，跟风营销绝不是最废物的那种。世界上最遗憾的事就是，有那么多美好的 App，而我却不知道。跟风营销做得好，起到了告知的作用，起码让我知道有这么个东西，我有了解它的冲动，万一用了以后爱不释手呢？我很多时候仅因一篇追热点的文案并关注了某个公众号，发现原来它这么好，这些年我都死哪去了。可见跟风营销给了我们彼此感受美好的机会，即便看走眼了，取关嘛，成本不大的。

商业逻辑太关注生与死了，他们说脸萌不行、说小咖秀活不久，可能都对。但在我们有限的生命中，它们带给了我们一点点美好，这本身就是它们存在与来过的意义之一，尤其在当下，爱情、亲情又哪一样不是速朽的呢？

我支持跟风营销还有一个理由就是：低成本。现在开个夫妻店就算创业，是没有足够预算去做营销、做传播的。而大企业即便有钱有势，在突然而至的热点命题下做的传播也没有什么技术含量。在几个五百人群发点红包，大家帮转转；花点钱找二三十个自媒体人帮转转，在结案报告里就一句话："KOL[①]竞相打架转发，网友手指痉挛奔走相告，朋友圈形势一片大好。"而这一切，花费顶多一万元钱。再小的创业企业，一万元钱也是能拿得出来的吧？不行就众筹好不好？以前这个跑道只有博尔特、格林、鲍威尔，现在你也可以进去了。一万元钱你买不了吃亏也买不了上当，在鸟巢开场发布会效果也就这样了。

低成本是一方面，重点是这么做"有效"。一万元钱请阿表写个稿子，阿表可能还写跑题了。一万元钱请KOL引爆传播，划算吧？关键是，有些自媒体人专门干一件事（应该还是自费干的）：收集这轮跟风营销的案例，起个这样的标题："宁泽涛火了，文案狗忙坏了"，推送出去特别火。你一分钱没花，品牌大量曝光了，划算吧？

当然了，我不是鼓励这种传播手段，我向来都是尊重业已存在的事实，告诉你一个趋利避害的思路。毕竟，不管是我还是冯大辉，都没有能力改变跟风营销这个已经存在并被验证的传播手法，也没有能力改变朋友圈业已成为营销舆论阵地的事实。批判这个手法与阵地本身意义不大，奉劝各位老板迷途知返意义也不大，因为根本无法证明有老板花极大的精力在跟风营销上，没必

---

① KOL即key opinion leader的英文首字母缩写，意思是关键意见领袖。——编者注

要竖一个不存在的靶子，再去射箭。

苦练内功、厚积薄发是对的，不过还有一句话：君子性非异也，善假于物也。

所以我只能奉劝各位，别硬贴，做精品。如果有余力，我还会告诉你们怎样才是"好"的跟风营销。

营销『参考』

套路

蹭热点该判几年？

没想到昨天的文章《罗永浩的手机我不会再买了》会引起一些争议，后台涌进来的留言组合在一起简直就是我国大型逻辑全无言论展销会。

一句话翻译一下昨天的文章：我对罗永浩的部分言论感到不爽，所以放弃购买坚果Pro。

这是很私人的体验与决定，需要提请全国人大举手表决吗？我不知道我不买锤子新品到底冒犯了谁，我也不知道那些人逼我就范的动力来自何处。

他们最难理解的是一个独立思考的人不会成为任何一个"拜物教"的信徒。

而我最难理解的是他们特别爱在后台留的一句话："你不就是蹭热点吗？"

在他们看来，这句话一定是具备了核武般的杀伤力，在本该保持极大克制承诺不率先使用的框架下，因我过于油盐不进，才不得不下此死手。

可惜，我一个鲤鱼打挺，毫发无损，稳如金三。坦白从宽好了：我就是在蹭热点。然后呢？

你们尽管研发新武器，能伤到我算我输。

为什么要蹭热点，因为蹭别的不安全。红白事上蹭吃蹭喝容易挨揍，地铁上蹭小姑娘容易被拘留，商场里蹭 Wi-Fi 容易被黑客钓鱼。比来比去，蹭热点经济实惠、绿色环保，何乐而不为呢？

不知道从什么时候起，蹭热点成了自媒体人的原罪，自己羞于承认，别人说了又炸毛，好不容易找到个选题，开头还得怯生生地道歉："对不起，今天蹭个热点。"

他们搞得好像接下来就要干什么不正经的事了呢。为什么不自信一点呢？一篇观点新颖、发人深省的热点文，它的价值要远胜于一篇戾气满满的毒鸡汤文啊。不要那么介怀好不好？

蹭热点对有尊严的写作者来说从来不是一件容易的事。一旦你选择了蹭热点，就等于离开舒适区把自己置于绝境，就等于抛开既定动作选择了托马斯全旋接大回环。当手一旦落到键盘上，你唯一的使命就是："另辟蹊径、剑走偏锋，且逻辑自洽，避免和市面上那些寻常观点撞衫。"前人走过的路你不走，别人踩出来的路你偏不走，这需要多少勇气，需要耗费多少心神才能做到啊。

"蹭"是讲究技巧的，是有技术含量的，靠、抹、腾、挪、交，样样都是本事。很多人见到的不过是盘点热点而不是蹭热点，

"盘点"只是归拢而已，与"蹭"之妙绝不可同日而语。

在当下，蹭热点是公民介入社会公共事务为数不多的手段之一，是尚能搭救弱势者的可靠路径之一。"鸡汤文"无非讨论的是成功、奋斗、逆袭这些死命题，你在或不在，鼓励或不鼓励，"鸡汤创作者"都不消失。但如果你远离蹭热点的人，鄙视蹭热点的行为，那么勇敢者的生存空间会愈加逼仄，若天不假年，稍有不慎，你成为热点了，谁来为你鼓与呼？

如果都不去蹭孙志刚的热点，收容教养制度怎会废弃？如果都不去蹭魏则西的热点，百度怎会做出退让？

在口水化时代，蹭热点是你为数不多能对公共事务发声的机会，是你真正把自己的坐标定在了社会大空间，而不是狭窄的朋友圈。

有时候，你鄙视蹭热点是因为作者没蹭到你心眼里去，你十分不爽只好贴个标签走人。写得合你心意了：楼主三观正，扎心了，没毛病，这是我见过的××事件中写得最好的一篇；写得不合你心意了：楼主垃圾，没节操，蹭热点，六神比你高到不知哪里去了。

实际上，你扔下一句"蹭热点"，是关闭了你我沟通的管道。你这和以貌取人有什么区别？体面一点，我哪些观点有错，但说无妨，留下你智慧活动的痕迹好不好？

细究起来，没有写作者能控制自己不追热点，或多或少都要借热点喻于义。我倒是见到很多鄙视蹭热点的人，可热点一来，又活泛得像热锅上的头排蚂蚁。这种嘴上说不要，键盘很诚实的家伙才是最贱的。

　　我对蹭热点、标题党都没有特别的歧视，我拥有辨别好文章的能力，即便你耍了花招、加了花椒。我最歧视不让说话的那伙人。

反转的背后是人们不信任营销狗

必须先说明，这里的"营销狗"并不是贬义，只取约定俗成之意。以下文字都是我善意的揣度与推理。

"罗尔事件"爆发后，我在朋友圈发起了一个建议：别着急写文章，一来丢掉冲在前头的情绪，二来事情等等就会明朗些，三来给当事人自辩的时间。

现在，记者调查了，罗父自辩了，被指责的营销机构也发话了，有的自媒体都交卷了，我却可以说话了。

目前确定的事实有：孩子白血病是真的，后续治疗要花很多钱是真的，罗尔有三套房是真的（且有两套不可交易），罗尔有一辆车是真的，此事有营销机构参与策划是真的。

而这个事件正是因为有营销狗的参与才成立、扩散，甚至借助一点运气才引起了"舆论爆炸"。

咱们先做事实判断然后再做价值判断。一个病童的父亲写了篇文章，在营销狗的助推下，获得巨大的关注度和巨额的救助金。在此过程中，事实不违规、文章不违规、赞赏不违规，甚至那篇疯传的"站住文"没有半点求打赏的意图。一切都像：一个忧伤的故事击中了你柔软的心房，你自觉献出了那么一点善良。看起来"爱"是整个事件发展的唯一推力。

事件为什么会反转？因为背后的营销狗被挖出来了，人们的有色眼镜也戴起来了。罗尔自身的财产情况应不应该披露，那是写作技法和谋篇布局的问题，或许他觉得那篇文章里没有必要交代这些因素。但大众获知有营销狗参与后，这个性质就变成"刻意隐瞒"了。

而罗尔入了"局"之后，他与营销狗在外人看来就是一个利益共同体：你有故事（你只需提供故事，不需要流露缺钱），我有传播力，你想有大动静，那咱们就焦不离孟、孟不离焦了。

营销狗做个爱心事件，不可能不沾点企业利益，给公众号吸点粉那简直是一定的。而这一点恰恰是公众不能理解的，就像他们不知道"买光加多宝"也是建立在慈善基础上的商业策划行为一样。大家对营销狗的讨厌自然会辐射到罗尔身上，从而重新审视这个事件。罗尔描绘的事实不再重要，人们会对背后的营销真相穷追猛打。

虽然你讨厌营销狗，但一个残酷的事实是：我们的世界已经被营销狗操纵。你能做的绝不是屏蔽、远离营销狗。你做不到。一呼百应的大 V 都有营销狗的底色，一个国家权力机构传递某种信息时依赖着营销狗，再动听的声音没有营销狗的包装也传不远、传不久。你唯一能做的是，接受这个事实，提高独立思考的能力，拥有一双慧眼，识破营销面具下的真伪。

所以有些智力发育良好的人跳出来骂民众跟风、蠢、不思考。可是每次都骂，每次民众都不长进，难道就没意识到这才是民众的基础调性吗？这是不可改变的吗？人人都独立思考，独立思考还值钱吗？还值得歌颂吗？你还能站在鄙视链上游臭美吗？

被骗、被煽动是民众的宿命，总有一种骗局在等着他们。草根被女主播骗，有钱人被P2P（互联网点对点小额借贷交易）骗，自媒体被阅读量骗。知乎上一群精英照样被一个抠脚大汉冒充柔弱小妹骗得个跌宕起伏。那么，一个有表演型人格的病童父亲加上一个无孔不入、无利不起早、视关注度为生命的营销狗，煽得你们死去活来简直就是so easy。郭靖的苦难动人，但只能让牛家村的人掉泪，黄蓉掌镜之后才能感动中国。

我想再一次强调，慈善离不开营销，离不开适度的包装，视营销为洪水猛兽，视慈善家为无所图的观音菩萨，那是落后于时代的看法。罗尔如果不搭上营销狗，那么随着孩子治疗的加速，又乏人问津，钱可能真是个问题。这个事件的错位在于：你可以有营销传播机构的加入，但它不能"越位"，不能既担当接受捐赠的主体，又担当包装传播的先锋。你必须尽可能地切割干净，把此事托付一个正规、信力强的慈善机构，然后基于此，做你最擅长的传播，让更多人知道这个忧伤的故事。唯有这样才能保证你的募资项目是清晰的，你的金额标的是清晰的，你的资金使用情况是清晰的。而不是像现在这样，把自己拖入泥潭，又无法给公众一个可信服的答案。

最后，对那些捐了款的人说一句：地铁乞讨的人都比你有钱，你还是捐了，所以别懊悔了，这个决定并不是人生长河里最难的。有人担心，爱心一次一次遭受欺骗，会打击献爱心人的积极性。我倒觉得往往是，人看到了生活最不堪的一面依然愿意相信生活的美好，无它，善嘛，这样才能区别于其他动物嘛。

被"套路"的赵雷

赵雷火了这个事，我纯是在朋友圈里看到的。特别喧闹，怎么形容呢？就像误入东北一个烧烤摊，听到旁边一个踩箱喝啤酒的炮子，叫嚣省委书记和他是铁子一样。我看到的是，叫人家"赵雷"的朋友已经输了，"赵小雷"才显得热乎，更进阶一点的说法是："这不雷子吗？七年前后海酒吧和我对瓶吹来着。"

我寻思这朋友圈有三分之二的人是赵雷亲生粉，就这样他都没火，上个湖南卫视露脸5分钟就爆了，那么你们鼓吹的新媒体革命、社交传播不就是狗屁吗？事实情况就是洪涛指谁谁火。

民谣歌手的粉丝都不自信，显得特别丧气，翻看上一年的知乎，一堆类似"赵雷为什么没火起来""赵雷咋就不火呢？照李志差啥呀？"等乱七八糟的问题，然后各种嘴炮音乐鉴赏家上来会诊、号脉，列出了七大死穴、八大难关，真是喜感十足，因为真正的答案简单到体现不了他们的"品位"："上一次春晚就会火、上一次《我是歌手》就会火。"等现在赵雷刚见着点亮了，这帮粉丝又合计：你撕一块布，我扯块被套，咱们再把他捂起来吧，让别人都看到了不好，就让他还搁玉林路溜达吧。

我瞅着这种小农意识就想笑，这才火到哪啊？真火了吗？我看到营销大号思想聚焦、Happy张江齐齐转发赵雷的成都演唱视频，并同时发出"细腻、纯朴、清新"的赞叹就更笑出声了，做六七年微博生意，就提了一次人家的名字，还装作明珠暗藏的遗憾感，好突兀啊，等下次他们微博再提到赵雷，那肯定是他犯啥事了。

我就纳闷了，被咪蒙、凤姐调教这么些年的网友，怎么还能认为一个人在朋友圈火了就算是真火了呢？话题知道不？热点知道不？数据知道不？把你脚指头也借来用上，从叶良辰到刘梓晨，从张予曦到迪玛希，独领风骚三五天的人比你过年吃的饺子还多，转脸就忘，有啥用啊？宋冬野就火了两次，一次是2013年某个快男翻唱了他的歌，一次是去年吸毒被逮起来，中间几年全是空白，这算哪门子火啊？

不过，不管是真火还是虚火，对于赵雷来说是稳赚不赔，从《快男》到《中国好歌曲》再到《我是歌手》，眼瞅身价要暴涨，要维持这个热度，下一步就得参加真人秀了。他也得感谢运气，感谢洪涛翻他牌子了，要是翻了陈粒，火的就是人家了。作品和技巧都不是决胜、走红的关键，套路很重要：湖南卫视决定了，今年就由你来红。

剧本已经写好，骨灰级歌手负责带歌迷升华到仁波切精神境界，再用一场荒腔走板的演唱会把众人拉回坑里。过气歌手负责被做成活标本，跟没火起来的业余歌手们混在一起，在模仿节目上给大家出听力题。张杰负责给时尚类自媒体解决"选题荒"，从豹纹大衣到刘海样式逐一细细品咂。现在很明显，摇滚不行了，谁上台都是车祸现场，只有请来民谣歌手，他们跑到廊坊也跑不出那几个调，还能伺候好嘴刁的、以小众拥趸为豪的观众。我看，不是民谣火了，是电视综艺体系把观众研究的门儿清以后钦定民谣火。你们肘子吃多了，再给你来盘小葱拌豆腐而已。

镜头里的观众是傻子，但场外的不是啊，套路总有穷尽时，总会审美疲劳的，一顿羊肉火锅，总要靠民谣去腥，最后民谣说：去你的，我也想当盘主菜。所以，留给好妹妹、陈粒、马顿的机会不多了。我也先不着急了解你们，明年的今年，相信我，朋友圈甚至会流传你们的小学成绩单。

郭德纲要真是亲爹呢?

我说我辞职了,朋友说,告诉你一个道理吧:年轻没有失败。

我说,不是那么回事,有土豪高薪挖我。朋友说,告诉你一个道理吧:机会总是青睐有准备的人。

我说,拉倒吧,期权没谈拢,掰了。朋友说,告诉你一个道理吧:谋定而后动,你辞职太冲动。

我说,没事,当自媒体也挺好,不局促。朋友说,非常好,告诉你一个道理吧:人生是一条没有尽头的路,不要留恋逝去的梦,把命运掌握在自己手中。

我说,你知道个六饼啊?你就唠唠叨叨的。

郭曹交战这事可不就是这样吗?这个相声啊,讲究的是吃拿卡要,是是非非说不清楚,没有真相,哪来的道理?但这事跟安卓系统似的,人性论、婆媳论、勿挡财路论、封建父权论,安装进去都很兼容,运行非常流畅,读者都给打了五星好评。真是傻透了，不就是把傻细分开来，再按口味不同进行精准投食吗？

其实都是被逼的。咱们这儿也没什么大事，风调雨顺，特别好。偶尔出点事，也不一定让说，有时候你以为你说了，其实是对自己可见。一肚子胸毛，无处撒野，倒拔垂柳那是破坏绿化，可憋死个人了。算来算去，替娱乐圈操心最合适，用力点，能从中品出半部红楼。

咱也算半个身子埋进娱乐圈的人，有时候看大家着急上火的，心里直乐。这圈子哪有真相啊？都是糊弄傻子呢。曹云金那篇6000字的檄文，读完你就感觉中国冤屈史上，曹云金得排窦娥和小白菜前头。你看完妆都哭花了，又路转粉了。单说学费这事，现在曹说交了5000元钱，可他在几年前的自传《金声金事》上写的可是："师父又多我这么一口跟着吃饭，分文不取，说起来相当不容易。"

好的时候夸你是菩萨，掰的时候你就一周扒皮，编故事眼睛都不带眨的。我大表哥王小峰先生昨天说了"因为当年徐德亮跟郭德纲闹掰的时候，我分别采访过他们俩，结果一件事他们说出两个版本。两块表的时间走得不一样，你相信哪块是准的？"

这圈子就是出名、赚钱是真的，其他都是配合你情绪上演的番外戏。相信10分钟搞定投资人、相信俄罗斯是好朋友、相信娱乐圈有正常三观，这就是当今三大傻。

我也不是装，非得往鄙视链上游挤，我就是觉得你看完6000字的文章花了15分钟，想想怎么站队、怎么编写朋友圈的转发语花了10分钟，扔到群里和网友讨论、撕又得30分钟，里外里一小时没了，老板让你们996①可真一点都不冤，因为他把你们卖呆、扯淡的时间都算进去了。

吃瓜就吃瓜，不要入戏太深。自媒体吃瓜吃出10万+，你吃瓜把羊丢了。曹云金发文之后，同被逐出师门的何云伟屁股坐哪自然就受到很多人关注了，结果人家发了篇文，不咸不淡说两句，然后接连跟着两个广告。恩怨重要吗？不重要！你们看热闹的来都来了，顺带广告看看吧，赚钱要紧啊。

往往局中人都放下了，就你们还想替人家主持公道。娱乐圈的人就怕你们帮倒忙，事情成了世纪悬案才好呢，你总也忘不掉，他就能永远占便宜。

六神说了，师徒到底是没有血缘关系，隔着一层亲，总还是有点生分，太把自己当爹，矛盾就不可调和了。我不以为然啊。首先，那是他电视节目看得少，全国现在大概有32档民生调解类电视节目，都是没出五服、嫡亲之间的烂谷子事。老头房子不给儿子的，儿子不养老妈的，兄弟俩争家产的，太多狗血了，五花八门。郭德纲是你师父的机会不大，但爹是郭德纲那样的在民间概率还是很高的。

你看，金庸小说里很多确实是当爹的，但也干了违背人伦的事，六神不告诉咱。《神雕侠侣》里，绝情谷谷主公孙止为了绝

① 996是指从早9点工作到晚9点，每周工作6天，且没有任何补贴。——编者注

情丹先是让亲生女儿褪去衣衫，而后让其死在了剑下；《连城诀》里有两个父亲，一个叫戚长发，为了剑谱对女儿和爱徒都起了杀心，另一个叫凌退思，为了金银财宝，先将女儿逼至毁容，再将其活活闷死在棺材里。另外，不说小说里的事了，侯震和亲叔侯耀华争遗产也闹得满城风雨，这事郭德纲亦有贡献。

你看，不管是亲爹还是想当爹的师父，都有矛盾，说明关系不是主要的，重点是个"利"字。人性复杂，欲望不一，家务事理还乱，掺杂利则更残酷。有时候"利"字背后无亲也无恩。郭德纲爱唱的《大实话》里就有一段词："说爹妈亲，爹妈不算亲，满堂的儿女留也留不住，一捧黄土雨泪纷纷。"

说到底，掀开明星这层皮，瓢子里的那点事又比民间奇闻狗血多少呢？他们生活里演绎的剧情从来没有超出我的想象，并没有和外星人发生任何正当或不正当关系。我愿意看你的作品，不爱操心你嘴上和下半身的事，我见过人性的脏，万万不敢相信所谓艺术能升华尔等的灵魂，不过寻常人家罢了。真要说回作品，屎尿屁、卖萌耍贱、网络段子，这就是他们目前的全部本事了。

王健林会放过一只单身狗吗？

有个叫"顶尖企业家思维"的微信公众号被万达集团告上了法庭，万达向其索赔1000万元，并要求公开赔礼道歉。

惹事的是一篇题为《王健林：淘宝不死，中国不富，活了电商，死了实体，日本孙正义坐收渔翁之利》的文章。

看标题就知道这是微信不良营销大号惯用的手法，总结起来套路不过如下：

1. 把×××推到爱国群众对立面。

2. 强化商人、企业每个毛孔都沾满鲜血的剥削者形象。

3. 我弱我有理，我弱是因为有人搞阴谋。

4. 篡改名人名言及典史，根据网友的认知缺陷建立符合他们想象的理论基础。

5. 热门人物嫁接吸睛观点＝爆款。

循着这些招数，我在网上搜索了到了这么几篇文章：

《拒绝新浪！！！sina在日语中是支那的意思》

《百度卖国了！汉奸！！在"日本吧"发帖瞬间被删！！》

《腾讯网是谁家的网站？嚣张卖国，令人发指！》

《腾讯发文叫嚣抵制日货无耻，腾讯开始裸奔喽！》

《无耻网易篡改新闻标题造谣生事，企图搞乱社会，分裂中国！！》

《人民时评：阿里巴巴祸害中国甚于日本侵华战争》

《马云粗口约架自家底层员工冯大辉：妈的，见了那浑蛋我一定揍他》

结合微信传播规律可以预见的是：以上列举的文章除了最后一篇外都有阅读10万+的可能。

正如没有买卖就没有杀害，大量缺乏独立思考、缺乏常识、缺乏比对验证的人群存在，才使一些微信运营者为了转发量、阅读量，乐于创作耸人听闻的内容。

回到这件事中，有个界限我们必须要厘清：言论自由与名誉权侵犯。万达起诉的理由是："王健林从未发表过与此相关的任何言论，该文冒用王健林先生名义，严重误导读者，侵害王健林先生的名誉权，万达集团将采取法律手段维护自身权益。"

这篇文章自2014年11月以来就被变换各种标题在网络中流传，且有望流传到淘宝真正死了的那天。知乎对于这篇文章的讨论也有数百条，自媒体的争鸣就更多了。

可以得出的结论是：这是个有趣、有生命力的话题，切中的是上到国民经济，下到淘宝小商家的要害，能引起各阶层广泛讨论的欲望。文章观点可能有待商榷，但它在言论自由的范围内。这样的言论对淘宝有没有负面影响？从传播效应来看多少有点，不过并没有看到淘宝官方向法院提起诉讼，是否通过公关手段进行干预，我就不清楚了。

所以你就能看出"顶尖企业家思维"的运营者有着世俗上的精明——知道在"双11"的节点，推出经过一年传播验证的爆款文章，炒一道回锅肉，坐收流量红利。但他把王健林的大帽扣上去，就又暴露了他业务方面的"蠢"。一个长期运营企业家鸡汤号的人，居然对陈旧的爆款网文没有起码的熟悉度，最起码的搜索引擎验证都不做，又懒又蠢，活该！

这个运营者傍晚时分发出了一篇道歉文，从排版、用词、行文来看，不过初中生的智识而已，如果有合适的道歉模板，我想他肯定会像往常一样，下意识地扒过来的。他说王健林是他的偶像，他在朋友圈看到王健林的这个言论非常激动，觉得有义务让更多的人知道。同时自己还是一只单身狗，实在是没钱赔付。末尾留款是：叩首、感恩。他已经跪了，就差喊爹了，可惜的是，在王健林面前"喊爹"也要排号的。

标题党属于没节操但有下限（触碰的是平台规则），造谣、毁谤属于没节操没下限（触碰的是法律红线）。跳出各自的圈子，来看整个微信公众号环境，影响老百姓最多的、最受老百姓喜爱并传播的还是没节操有下限的公众号。我讨厌这个结论，但我不得不接受这个事实。这件事可以给微信公众号运营者提个醒：守住下限，努力提高自己的姿势水平。挣仨瓜俩枣却赔了一车皮大米，值吗？

王健林应该不会放过这只单身狗，1000万元的赔付诉求更多是震慑作用，未必得到法庭支持。中国首富难得和自媒体第一次亲密接触，居然是因为这档不光彩的事，再联想到周杰伦、杨颖也把自媒体告上公堂，自媒体的形象一时半会好不了了，长此以往最坏的情况是授人以柄，有关部门将用更强的铁腕来管制，或许我们将在《焦点访谈》上更多看到公众号运营者的面孔。

《王者荣耀》与女德

一

媒体真是一把刀，而《中国青年报》（以下简称中青报）是双刃的。

在沸沸扬扬的"丁璇女德宣讲"事件中，它挺身而出，力劈华山："重提贞操观等于驱使女性回归牢笼。"

中青报劈的是成见，砍的是迂腐。

针对全民游戏《王者荣耀》，它又耍出了"老沉迟重"的身段，蛟龙搅浪："《王者荣耀》是电子鸦片，惹得瘾者无数。"

这是杨永信式的成见，这是洋装在身辫子不剪的迂腐。

中青报反对一种成见，又抛出一种成见，左右互搏，自己砍自己，场面过分滑稽。

为什么会这样？

王阳明在给薛尚谦的信中有一句话说得好："破山中贼易，破心中贼难。"

女德宣扬的贞操观与三纲五常早已被大众所摒弃，这种邪论是舆论射击的绝好标靶，在女权崛起的当下，它就如山中之贼，攻伐打倒易如反掌。

相比而言，"游戏是鸦片"之论很容易隐藏在人的心底，因为很多人把游戏对用户的黏着性与鸦片的成瘾性画上等号，与他们一贯的"自由心证"撞个满怀，简单到不屑推论的类比，很容易成为有些人心中驱之不散的"贼"。

而心贼，破也难。

二

"游戏是鸦片"绝非新鲜之论，而是名门正派颇爱挑逗的议题。2000年，《光明日报》就发表了题为《电脑游戏，瞄准孩子的"电子海洛因"》的报道。

17年过去了，一代人成长起来了，群众已经过河了，他们把游戏当作生活的一部分，游戏甚至成了竞技的一部分，而有些媒体人心中的石头还没放下。17年过去了，真相的看门狗，良知的守夜人，对并非新生的事物还在泼污水、强上纲，眼界与视野都没进步，太可怕了。

17年间，我当然听说过因游戏丧志的故事，我当然也听过就像中青报在那篇奇文中提到的那些例子：小学生游戏中被追杀愤而报警，小学生游戏中为技艺精进而偷钱买装备。

我们都知道样本量足够大才有统计学的意义，正如我们不能因为一两个记者锒铛入狱，就大呼媒体公德沦丧；正如我不能因为咪蒙一则广告赚65万，就艳羡自媒体人个个都是富豪。

举例子最容易尴尬的是，你寻章摘句搞出两个极端的坏例子，我也能搜箱倒柜找出两个光明的好例子反打回去，譬如有些小学生因为玩游戏更懂得团队协作。

这说明什么？游戏和生活一样，生活中既有木桃，也有荆棘；游戏中既有失控的顽童，也有体味技击之美的玩家。

生活之美在于真实，没有谁从出生就设定好了副本。游戏之美也在于真实，它关照人性，也反衬人性。

中青报举出不堪的例子，如果它以此想表达的诉求是：游戏必须完美，游戏必须让任何一个孩子都不逾矩。

这是任何一个公司都无法完成的任务，因为它不真实，它只符合绝对想象，处于绝对真空。

三

曾经有一款游戏叫《学习雷锋online》，它根红苗正，无比正能量。按照中青报的逻辑，如果它让一个少先队员玩到报警了，它就是鸦片无疑，虽然它没火。

不火的游戏，没人玩的游戏就不是鸦片？如果这是公理，一款乏人问津的游戏在中青报眼里显然更具道德优势，却也离下线的末日更近。

所以中青报的诉求离要求一款游戏足够完美更多了一层，它要求一款游戏完美到让孩子不越界，且还要做到在市场上不流行、少人玩。

好难啊，网易做不到，腾讯做不到。

没人能做到的事，你登高一呼，空发议论，当然是滑稽的。

四

做不到完美，但能做到趋近于完美。

如果跟上中青报的思维，把讨论问题的落脚点放在孩子该不该玩游戏、游戏是不是鸦片上，那只能证明一点：我们没有展示几十年来智慧活动的痕迹，话术和红白机时代相比毫无二致。

我们的公共讨论更应该放在如何健康玩游戏、玩游戏与家庭教育如何协调配合上。当然要问企业做了什么。游戏大户腾讯第一个做了"成长守护平台"项目，它通过技术手段限制、规划未成年人的游戏时间和游戏动作。它们做得好不好，有没有成效，这是舆论应该追问、应该督促改进的。

我理解追问需要思考，提建议需要琢磨，是费脑筋、费力气的事，远不如贴标签、妖魔化来得写意痛快。但选择前者，是证明我们活在一个生活文明、科技文明的话语体系中，展示的是正视问题并要求改良的态度；而选择后者，是每个人心中的"暴政"。

是跟上时代的洪流，还是回到时代的废墟，不难选择吧。

五

中青报的奇文中提到有老师吐槽："现在学生写日记全都是《王者荣耀》《刀塔》，猪队友。"

那写什么呢？

孩子们有新的话语体系及认知结构了，一个好的老师甚至应该去体验他们的生活，玩一玩《王者荣耀》，那样才能在听到"猪队友"时不是讶异，而是引导他们往团队、协作、选择等更具成长意义的方向思考。

六

现在想想，视游戏如鸦片的中青报和宣讲女德的丁璇都患了一种病："时代认知失调症"。

他们在信息流通高度发达的今天居然表现出"不知有汉，无论魏晋"的呆萌感，时光的流转、思维的进步在他们身上统统失效了。

当1991年11月，位于哈尔滨的最后一座专为缠足妇女制鞋的"志强"鞋厂停止最后一道生产线时，人们毫不掩饰那种松了一口气的感觉：缠足作为一种封建残余，现在终于可以送进博物馆了。

当2017年，中青报重提"游戏是鸦片"的怪论时，人们的目光早已投向更具时代先锋意义的VR游戏了。

而历史从来不给故步自封的人任何机会。

生活，燃和丧

的轮换

朋友圈为什么越来越难看？

我微信朋友圈的一天是这样开始的：

清晨伴随着第一声鸡叫，罗辑思维热乎乎的更新出现在了朋友圈。

广告、公关公司的朋友，发了一张桌子上堆满红牛的照片，睡眼惺忪地与早起的人告别。

接下来是运动达人的舞台，开晒他们的跑步里程、肺活量、心率。

7点来钟，职场狗们开始发来北京各环线路况，有时候也会见证地铁一号线的某场自杀与谋杀。

8点来钟，鸡汤的第一个高峰来临，从西二旗到国贸，斗志昂扬。

10点后，媒体老师们从北辰、香格里拉、盘古发来第一手的会议资讯。

中午，这个时段属于单位伙食好的那一伙，不去火速点赞显然是不礼貌的。

午休，第一轮刷屏洪峰来了——《×××决战年》《××开启新时代》。

下午，媒体老师们换了一个会场，继续给人们提供新鲜的资讯。

下午，看冯大辉先生毒舌，看池建强发人生哲理。

18—20点，这个黄金时间段不知道是谁定义的？自媒体狗们憋了一天的大招开始释放，订阅号的小红点数字开始极速上升。

20点后，这个时间段留给我们，我有时候会和盟友一起，疯狂转发某个H5，一时间朋友圈——几乎不能看了！

22—23点，冯大辉这样的文艺男开始分享一些小众音乐，并让他的朋友签到晚安；同时，全天心灵鸡汤的最后一个高峰到达，管理、人生、爱情，不一而足。

24点后，属于单身青年……

朋友圈的三日可见伤害了谁?

最近我的好朋友池建强、冯大辉纷纷扬言要拉黑"把朋友圈设置为三天可见"的人。

我可是奋斗了二十年才有机会和他们吃一顿海底捞的啊!

吓出我一身冷汗,赶紧去隐私设置里检查一番。

"朋友圈三天可见"这个功能是怎么来的呢?

从半年的限制突然变为三日,一定是大人物被惹到了。

我记得2017年3月,张小龙数年之前发布的一条朋友圈被人翻了出来,截图传得到处都是。该事件过去没几天,微信安卓6.5.6版本中,就添加了"允许朋友查看最近三天朋友圈"。

所以,我有点怀疑,这是张小龙因自身的困扰,挥起鞭子让团队开发的功能。

张小龙封神,一是依赖于他的自我奋斗,二是依赖于移动互联网的历史行程。也就是说,张小龙的成功,有很大的偶然性。

这样的人，人生往往没有经过精心设计，成名前、成名后的言论大相径庭，一旦成神，过往的言论就成为其个人品牌资产的一部分，被舆论重新检视，而互联网忠实地记录了这一切。

2016年初，张小龙的2000多条饭否[①]记录被翻了出来，引发了互联网史上最大的群体性围观事件之一，譬如"东莞方一日，世上已一年"，让大家明白了，原来不谈产品的龙神是这样的接地气。

后来的事，大家也知道了，张小龙删除了那些言论，缩回自己的道场里。饭否那是客场，在小龙的微信主场，那就得听他的。

"朋友圈三天可见"还有一个重要的功效，就是你三天之前的言论不但不可见，而且不会被搜索到。譬如说，我想用关键词"阿里"搜索冯大辉的朋友圈内容，那么我可能什么也得不到。这太遗憾了，错过了好多热闹。

张小龙不想被搜索，因为能量太大。时过境迁，现在的张小龙不能同意以前张小龙的言论。这是他的烦恼，这是大腕的烦恼。我们绝大多数人不会有，我们的朋友圈言论不会对任何一个行业产生震荡影响并引起各大媒体的争相报道。

那么，场面就特别搞笑了，一堆凡人在假装自己的朋友圈具有爆炸性的能量。一堆凡人竞相封闭自己的后果就是杀死了朋友圈，在本是孤岛的朋友圈里，又建起了产权三天的小屋。

"三天可见"是一个无差别攻击。我内心肯定有一套分配机

---

① 饭否是一个迷你博客，是中国第一家提供微博服务的网站。——编者注

制，有的人只适合看我的三天朋友圈，而绝大多数人可以看得更多。现在，我为了封闭那少部分人做出的设置，让其他人也被"一视同仁"了。

一个设置了"三天可见"的朋友，我也无法对等反制他，我无法还给他同样的"三天可见"，因为我还有其他的真正关心我的朋友。这公平吗？不公平。

我有几个用心写朋友圈的人，我会拿出固定的时间，去通读他们一周乃至一个月的内容，总有豁然开朗的感觉。现在，打开一看，白茫茫大地真干净。我想他们不是针对我，我只是"针对"这个行为本身的牺牲品。

当然，选择展示什么样的朋友圈完全是个人的自由，只是微信提供给用户的导向是越来越封闭。封锁自己总是容易的，而打开则难得多。现在，用"变态功能防变态"，吃亏的是我们这些"不变态"的人。

付费不阅读，你对得起钱吗？

我一直有一个观点：如果我公众号的订阅数是10万，那么一篇文章的阅读量至少也该是10万。可惜并没有，业内认为10%就是微信公众号的黄金打开率了。

那么问题来了。你关注了我却不读，又不取关，你是在视奸我吗？你有小红点收集癖吗？你这不是在浪费手机存储空间吗？

浪费空间是小事，因为现在手机存量足够大。可是你付费订阅的专栏却不去读，那就是糟践钱了。钱是大风刮来的吗？是天上掉下来的吗？那是通过你一滴一滴摔地上裂成八瓣的汗水换来的。你不尊重钱，钱就不尊重你，迟早要吃亏。

我就是这样糟践钱的人。我在某App上花了199元订阅了一年的和菜头专栏《槽边往事》。坦白讲，在该App诸多付费专栏中，《槽边往事》既不是技能型输出，也不是大密集知识点输出，更不能成为你饭桌上的谈资，绝不是付费阅读最好的选择。

但我独取菜头一瓢饮，因为比起"武装自己"，我更愿意花钱买"有趣"。

结果，半年过去了，我打开《槽边往事》的次数不超过10次，折算成钱的话，一次19元左右，不及我给他公众号打赏多。是和菜头对我没有吸引力了吗？是他写得太烂了吗？绝不是。

我是在冲动消费。冲动消费的意思就是以前陪我看月亮的时候，叫人家小甜甜，现在新人胜旧人了，叫人家牛夫人！脑垂体一分泌，上帝握住你的双手支付，完全没考虑以后该如何搁置。

我不是在为阅读付费，而是为自己的价值观投票。冷静想想，是和菜头的作品让我有付费的冲动吗？不至于。非得让我看点什么还要花钱的话，就是电影了。和菜头是我喜欢的人，我要"包养"他，我要让他拿钱去植发，我要化身杜十娘给他下面汤。这就有点像粉丝与偶像之间的关系了，粉丝未必只消费偶像的作品，纯粹为了颜、为了一颦一笑也是可以掏钱包的。

我还患了"健身卡综合征"。什么意思？来，首先翻出你抽屉里落灰结了蜘蛛网的健身卡，再环视自己的满身赘肉，接下来和我一起忏悔吧。哪一次，我们不是在健身房的前台，踌躇满志，发誓要练一身腱子肉和小蛮腰，怀揣"投资自己就是投资未来"的理想，办了一年的健身卡，结果三天过后，理想退烧，还是觉得去人民广场吃炸鸡比较好。健身卡？爱去哪去哪吧！你看，这和我们付费订阅专栏的心路历程有什么区别呢？

恐怕很多人和我一样，就是假装爱智求真，假装自己在知识的小河里泛舟。我们去地铁丢书，我们买了书晒完朋友圈就扔，我们订阅付费专栏，我们和为女主播一掷千金的傻瓜不同。

我们太虚伪了，我们太好面子了。更不可原谅、天理不容的是，我们在糟践钱。知识成了口红一样的化妆品，知识成了装点门面的饰品，而不是内化成自己的养分。

那我们如何做才能对得起知识、对得起自己花的钱呢？

首先，别假装自己比总理还忙，每天留出固定时间深度阅读，找好书看，就是找一个制高点，享受那份不受打扰的闲暇。

其次，把自己"付费订阅专栏"的事告诉女朋友，她能管钱也就心疼钱，会像洗碗一样督促你去阅读，不然皮鞭、蜡烛伺候。

还有，吸收之后要输出，去尝试写作吧，写作是衡量知识吸收的标尺之一。咱们都读过金庸，但六神磊磊会写金庸，那是经历了阅读、理解、消化、输出的完整链条，自然厉害。阅读是与那些伟大灵魂交谈，借此把他们创造的精神财富占为己有。而写作是与自己的灵魂交谈，借此把外在的生命经历转变成内在的心灵财富。

最后，不要冲动，花钱之前用一炷香的时间去思考，你是对知识虔诚，还是迷信一个人？

群发的祝福回不回？

刚过零点，我新买的手机就遭受了混淆型 DDoS 攻击[①]。攻击类型分为：中华成语型、中老年图片型、吟诗作对型等。目前攻击还在持续。据著名程序员、前苹果公司大中华区 Mac 机总代理池建强分析：这是很多不具名的人在微信这个社交网络对我发起了 PING 命令[②]，目的是检查我们之间的联系是否畅通。如果 PING 不通，对方可能认为你已单方面拉黑他，或认为你是个薄情寡义之人。

好了，说人话，就是我的微信在中秋节这一天接到了大量疑似群发的祝福信息。

---

① DDoS 攻击即分布式拒绝服务攻击，其借助客户/服务器技术，将多个计算机联合起来作为攻击平台，对一个或多个目标发动 DDoS 攻击，从而成倍地提高拒绝服务攻击的威力。——编者注

② PING 即互联网包探索器，用于测试网络连接量的程序。PING 命令通常用来进行网络可用性检查。——编者注

其实近年来我根本不担心自己会忘记哪怕是"小满"这样一个生僻的节令，因为总有朋友能变着法子发来信息提醒我。我微信上有个朋友，不知道什么时候加上的，从来没交流过，朋友圈也没点赞过，但打开我们的对话框，从前年清明到今年中秋，满满的几十条都是或俏皮或华丽或煽情的祝福信息。

他们除了在这些节点像个准点、使命必达的邮差外，并未曾加入、体会过我的任何情绪。譬如我在朋友圈难过时，不见他们来安慰；我在朋友圈发帅照时，不见他们来点赞；我在朋友圈分享成功的喜悦时，不见他们来祝福；我在朋友圈求助时，他们看我就像碰到摔倒的老头，离得远远的。

我不是在翻小账，想表达的不过是：任务式驱动的祝福，我能感知、触动、调动的情绪寥寥，它走的是形式而不是心。

那如何对待这些群发祝福的人呢？拉黑？回应？不回应？或其他？

我的答案是以上可以并行，最好不回应、择机回应、克制不拉黑。

有种概念叫"认知偏差"，初心最难猜，且容易恶猜。有些人仅仅是因为时代局限、知识背景局限、地域局限才做出了群发的举动。譬如我们父母这一辈人，还是把短信、微信发送节日祝福纳入"中华新传统礼仪"当中，我的一些发小也会准时准点应景发送。他们对你是有反馈预期，他们觉得自己是真诚的、不失份的，而我通常会热情洋溢地予以回应。如果你冷面回应，在这种情境中反而显得你不得体。

而在一些圈子里，生意圈、娱乐圈或其他我们甚少接触的圈子里，这种文化估计也蔚然成风，考量的不是真诚，而是遵规守矩。

有些时候，文字、图片的群发成本很小，与发送者预期的收益相比，很划算，尤其现在人们很想追求一种存在感，而科技又能高效地帮其验证或实现。

我克制不拉黑，首先就是上面提到的：我很难判断一个人的初心与习惯。其次就是我对于"干扰"的定义。群发祝福和垃圾广告、垃圾信息相比显然不是最坏的，它和那些动辄装熟求转发的信息比显然不是最坏的。如果我在信息爆炸的时代，仅仅因为一个节假日（不总有）汹涌而来的"祝福信息"就斥之为"干扰"，未免过于矫情了。最后，一个企业逢年过节发点月饼、京东卡来打点，你认为这是祝福，一个刚毕业的青年读者发来文字祝福，你就很冷淡甚至要拉黑，那未免太过势利了，又不是抢鸡蛋，太过实惠主义了吧。

所以对于我来讲，我换了个128G的手机，你发你的祝福，我感受我能感受的，开心、舒服就好。

最后祝你们好运，下面是我写的一个段子：

今天大象公会将推送《为什么中国人热爱群发信息》，小道消息将推送《每个人应该掌握一点群发常识》，六神磊磊将推送《洪七公如何让祝福下基层》，深夜发媸将推送《与其搞群发，不如来一发》，丁香医生将推送《小心群发背后的腱鞘炎》，吴晓波频道将推送《群发祝福的人不该被嘲笑》，插座学院将推送《零基础一次群发"10万＋"条祝福，它是怎么做到的？》。而一些营销大号放弃了这个主题，因为知乎压根没讨论，没得扒呀。

人生三大水坑

　　李笑来说人生三大水坑："看热闹、随大溜、替别人操心。"

　　我觉得很有道理。为什么呢？因为李笑来是有！钱！人！说！什！么！都！对！

　　李笑来到底有多少钱呢？可能只有他的经纪人知道。公开数据只表明：他是中国比特币首富，亿万富翁。

　　但是！我们观察一个人，不仅要听他说了什么，还要看他做了什么！

　　李笑来在"得到"上有一个专栏，叫《通往财富自由之路》。如果你在CBD、中关村上班，上了电梯一定会看到歌词大意是"想发财、找笑来"的广告。

　　读到这里，你一定和我一样，觉得李笑来同志背离了自己创立的"水坑论"。你自己在财富之路上飙车，干吗还要告诉我们呢？这不是犯了"替别人操心"的病了吗？让我们这些杰克穷死不行吗？

不对，这逻辑不对！草根看出来的有钱人的破绽，一定不是破绽。

李笑来不是替我们操心，他只是在做一个财富积累的可复制实验，说到底还是检验自己的方法论。我们到底有没有在付出199元年费后走上了财富之路，只是结果的一个变量而已，并不重要。

所以"水坑论"毋庸置疑地光荣而正确。那么，就有必要对"水坑论"做一个详尽的阐述了，就像《论语》一样，孔子只是说了几句，并没有给出参考答案，于是天降于丹。

"水坑论"的核心要义就是："不要浪费时间，远离那些不能实现自我提升的事物。"

看热闹。没人看，就无所谓热闹，来都来了，围观的你是热闹不可分割的一部分。不要气馁与自卑，相比出轨，看热闹才是我们每个人都有的基因。出轨占用的是小三的时间，而看热闹占用的是你自己的时间，所以危害孰轻孰重，不言自明。看热闹既浪费时间，又不能提升自我，如果说到辨别力，你与围观的其他人合力都拼凑不出一个真相。

看热闹后面往往跟着一句"不怕事大"。为什么？你没买票，你付出的时间成本就是票，你必然期望剧情百转千回才能值回票价。一个八卦新闻快速和气收场，你会很懊恼，那种心里住着个库布里克却看到一场皮影戏的挫败感，长此以往对身体不好。

如果你不是一个社会民生记者，却为太多的热闹驻足，你得反思自己是不是太闲了？高三匆匆那年一定是你看热闹最少的一年，不是吗？

随大溜。它的本质是你想降低试错成本，想增强自己的安全感，那么和多数人站在一起无疑是捷径。李笑来为什么那么有钱？因为在炒比特币成为大溜之前，人家先行看到了其中的价值。你随大溜了，风险小了，但财富也少了。

随大溜也是浪费时间。你把宝贵的独立思考的时间轻易交付给了别人，最终成为废人。随大溜在当下变种为政治正确，就说这个奥运会吧，你连"丢金、惨负"这样的词都不敢说，非得挤出两行热泪，跳进粉红色调的大型抒情诗中，假装海纳百川、有容乃大。

替别人操心。这是彻彻底底地浪费自己的时间。首先就是无用，九套房里没有一块瓷砖是你的，你却付出了翻箱倒柜凑首付的激情。其次是你根本无法模拟别人的生活环境，你拿在地下室揣摩出的情感、人生经验去套百子湾豪宅的生活，是不是入戏太深了呢？然后，你替别人操心，其实是情绪的转场，压力的转移，不期待任何反馈，也不用负责任，痛快痛快嘴而已。替自己操心就非常糟心了，卫生纸不够了、马桶堵了、贷款要还了、小孩上学费劲又没有粉丝帮忙了。山山压人，件件闹心，想都不敢想，大腿一拍，算球，还是替隔壁老王操操心吧。

而且"替别人操心"快感来得特别迅猛。自带道德君的光环，视野顿时VR，虚拟高台，一跃而上，手拿皮鞭，肆意滴蜡。律己难，律他人则脱口而出。

看热闹、随大溜、替别人操心，三者还有一个共同点，那就是做起来都相对容易。容易的事，大家都会做，没劲。机会肯定不在容易做到的事里，你总做容易的事就很难提升自己，待在舒适区，成为社会一闲散。

当然，如果你能从"看热闹、随大溜、替别人操心"这些容易的事里挣到钱、改善生活，那也算值得。不过你得相信，能从粪便中提取石油并卖出去的人，也是台下十年功，绝不一般就是了，看似和你一样，但你只是阅读量，是数字。

别让和气毁了你

老歌迷应该清楚《不要伤了和气》是陈洁仪在1993年发布的专辑名。当然"不要伤了和气"这个金句我辈烂熟于心，更多是因为它在中国的世俗社会扮演着"分歧终端机"的角色。

"和气"从一出生就带有中国式的玄幻色彩，《道德经》有记载："万物负阴而抱阳，冲气以为和。"意思是：天地间阴气与阳气交合而成之气。万物由此和气而生。我不是马云，只能勉力理解为：伤和气就是伤万物本源、伤和睦感情。

很多沽名钓誉之辈，往往墙上左边挂着"精气神"，右边挂着"和气"，扇子一张《忍让歌》——"他人生气，我不气"，利用这些元素维持他们遇事不争、与世不争、桌下老手乱伸的形象。

"别伤了和气"自用时，平添的气质是"退一步海阔天空，不跟你一般见识"。《射雕英雄传》第二回就有这么一出戏：

柯镇恶道:"道长既然一意如此,就请划下道儿来罢。"丘处机微一沉吟,说道:"我和各位向无仇怨,久仰江南七侠也是英侠之士,动刀动拳,不免伤了和气。这样罢。"大声叫道:"酒保,拿十四个大碗来!"……说道:"贫道和各位斗斗酒量。各位共喝七碗,贫道一人喝七碗,喝到分出胜负为止。这法儿好不好?"

稍有常识的人都会看出,如果江南七怪的坦克继续前进,这个螳臂当车的牛鼻子难道能够阻挡得了吗?丘处机明明尿了,却以一个"谢邀",再辅以"别伤了和气",一气化三清,成功将一场械斗化为酒局。此后江南各地凡有饮水处皆言丘处机高风亮节、气度非凡。

"别伤了和气",他用时,往小了说是给冲突双方各一个台阶,往大了说展示的是公众形象。譬如,池建强与冯大辉因一个系统bug(故障)产生了激烈的学术冲突,冯大辉已经使出"你瞅我试试"的必杀技,池建强在一群粉丝的撺掇下准备施出"瞅你咋的",能量槽、血槽都满了,一场大战看似根本停不下来。但这两人平素相敬如宾,打起来不免又让产品经理界笑话。这时候,阿表拨开众人,喝断二人:"你们都是我的良师益友,手心手背都是肉,平时两位大哥也是举案齐眉、互捧够友,此番闹到这般田地,让宵小笑话,有话海底捞里好好说,别伤了和气。"

你看这一垫话,除了夺妻之恨,基本都能顺坡下驴,在海底捞里把酒言欢。

细细思考"别伤了和气"多是废话，它有利于情绪的暂时性平复但无益于问题的解决，把纠纷搁置，后面往往跟着的是"差不多得了"。

今天我在朋友圈发了这样一条内容："#一次失败的维权#距离上次替自媒体人讨酬已过去快两个月了，后续进展并不能令人满意。没头没尾的事我不干。"有朋友回复"别伤了和气"。

这看似公允、温馨的劝解对于一个理性、有原则的人来说毫无意义。"维权"不是一种私人恩怨，不是黑社会上门讨债，不是不给钱就砸你家玻璃，而是在规则之内的权利伸张。权需要维，说明有人在践踏规则，视契约如无物，群体的权利并没有如约兑现。"和气"有用，阿表还上蹿下跳干吗？伤和气的恰恰是规则的破坏者，而不是讨说法的人，即使"讨"的过程情绪激昂，那也是为了让事件本身提高关注度进而促进问题的解决。

你被多收了物业费，你的工作合同暗藏猫腻，你的消费者权益遭遇伤害，你被家暴，你的手机桌面莫名其妙多了几个应用，你"不伤和气"的伪善会帮你解决问题吗？

忍受内伤，维护表面的温情与和谐，对事情的发展和解决真的有帮助吗？

"冯大辉拒绝法"的现实意义

"冯大辉拒绝法"是艺人三表在日常生产生活中总结的一个定理，于2015年6月3日首次提出。苹果新语（MacTalk）创始人池建强认为：不出意外，（该理论）未来会和墨菲定律、帕金森定理、彼得原理并称为人类文化的四大发现。

理论内容：

在没有任何交集、交流的背景下，且没有做过任何帮助A、使A受益的动作，便悍然要求A做出包含但不限于转发、荐号、咨询等，使自身需求得以彰显的行为，都会遭到A的无情拒绝。

该定理讲求"惠利守恒"，甚至在求助者与施助者能量不匹配时，如果走心了，有惠利溢出也是可以的。

理论来源：

冯大辉（Big Hui. Feng）是丁香园CTO（首席技术官），是永不过气的网红，是很多自媒体的"基石奠定者"，在中文互联网圈拥有巨大能量。

觊觎这份能量的人非常多。冯大辉每天刷微博、刷朋友圈的间隙都会收到"大到求子，小到点个拇指"等形形色色的求助。日积月累，这已对他的工作、生活产生了巨大的成本消耗。

在一次情绪行将崩溃的午后，冯大辉再一次遇到了陌生人的朋友圈转发求助。他怒道："你是谁？你从哪里来？要到哪里去？我为什么要帮你？你朋友圈怎么从来没转过我或者丁香园的任何内容？"不等求助者回应，他先截图再拉黑，然后有节操打码后，发到朋友圈鞭尸。围观群众有代表性的评论有：支持拉黑；大辉我是你的脑残粉，每天都转丁香园的文章，还向身边的人推荐了，你能帮我……

在这些冲动性需求得到大面积遏制后，冯大辉把回应做成了模板，形成了一套流程即"一看二斥三拉黑"，直到三表今天把这种行为上升到理论高度。

理论发展：

"冯大辉拒绝法"因其通俗易懂的定义及无法反驳的显著疗效，在工作生活中有着大量的使用场景。

1.借钱。

失联很久的同学、同事突然冒出来管你借钱，你可以使用"冯大辉拒绝法"。

例句：这么多年你死哪去了？我结婚你有随礼吗？我孩子出生你有祝贺吗？我住院的时候你有来看望吗？这钱我不可能借你。

2.创业。

失联很久的网友、同事、会友（跑会交换过名片）突然冒出来和你聊事业，并暗示你可以参与他们的众筹或给他们推荐程序员或帮他转发那些恶心的H5，你可以使用"冯大辉拒绝法"。

例句：呵呵，我创业项目需要推广的时候你在哪？我跟你聊创意的时候装不在但同时在朋友圈谈笑风生的是不是你？这图我不可能转！

3.自来熟。

很多读者加了你之后，某天突然以是你的脑残粉为由提出求助，你可以使用"冯大辉拒绝法"。

例句：我翻了一下你的朋友圈，转发的都是什么垃圾红包，什么面膜，什么养生杂谈，你有转过我的文章吗？你有宣传我的项目吗？这忙我不可能帮！

理论优势：

"冯大辉拒绝法"区别于"不""呵呵""漠视"等一切高冷模式，在表达自己不会实施帮助的同时也不忘教化求助者。简单点说，"冯大辉拒绝法"注重心灵震撼教育，管杀也管埋。

理论挑战：

"冯大辉拒绝法"提出后，面临的最大挑战来自"中国儒家学派"。有些专家在评价"冯大辉拒绝法"时提出：这种理论太功利了，太不近人情了，把人与人之间的关系看成是一种赤裸裸的利益交换，是西方资产阶级思维在东方的流毒。

作为该理论的提出者，三表认为："冯大辉拒绝法"可能不是处理互助的最完美理论，但一定是现实环境下的最优解。

首先，帮助转发、宣传、推荐（荐公众号、荐产品）是拿自己的信用在背书。越是能量大的人越谨慎，并不是"转、推"这些简单的动作就能涵盖的。

其次，人不能有认知障碍，甚至是失焦的错位判断。"开口求人"实在是很难的事，你的预判应该是：我为什么要求助这个人（需求匹配）；我给这个人的印象是什么（破冰）；我曾经为他做过什么（能量守恒）；即使做到这些，你的需求仍然可能会被拒绝，因为你的东西并没被认可，或者说超出了你求助者理解的范畴。

特别讨厌的就是有一些人的需求是群发的，撒网捞鱼的心态，特别鸡贼。

接着，现在更多的"帮需"不是在熟人社会产生的，在微信这样的平台上，在海量碎片信息的冲击下，人们把转推发的诚意与人情转化成简单的一两个动作，不再珍视自己的担保信用，而相应地，接收信息的人也不再认为这是值得珍视、带有诚意的有价值输出。

再接着，如果不那么熟，彼此又没有过良性的互动，那么你为这次求助标价是合理的。因为现实就是：朋友圈、公众号成了一个渠道，你要推广能使你受益的商业或非商业信息，你难道不应该付出一些什么吗？今天朋友圈被联想的一组图片刷屏了，他们和柳传志又不熟……

最后，我想说，做事要体面，做人要体面，一个体面的人非常吝惜自己的开口机会。你施以真诚或许换不来友善，但施以鸡贼，必然让你滚蛋。

让我们继续钻研"冯大辉拒绝法"，勇敢地说不。

比买不起学区房更绝望的

最近有个段子特别火，说一对北大清华毕业的年轻父母拜问禅师："如果买不起学区房，该怎么办？"

禅师说："如果北大清华毕业都买不起房，还买学区房做啥……"

朋友圈的穷朋友们疯狂转发，庆幸自己穷且白捡了一个"精明"。可是细想想，买学区房恰恰是降低了"考不上清华北大"的风险，因为考不上顶尖大学并不是人生的末路，手里没钱才是啊。

北京的学区房转手就翻好几倍，到时候你即便不幸摊了个傻儿子，卖房赚了钱给他开个店，再雇几个清华北大毕业生打工，还不美滋滋的？禅师看了都有还俗的心了。

知乎上还有个热门问题，说"北京的房价是不是透支着北京年轻人的创造力和生活品质？"

我觉得，整天刷知乎，讨论这些丧气的问题，看一堆北青毕业生怨声载道，才更消耗创造力和生活品质，整个心情灰暗到不行。我建议你应该赶紧去挣钱，去提升你的创造力，待到父母终于凑够钱了，衣锦还知乎，你也装它一把，开个live[①]布道。

你选择在北京生活，就等于开启了生命游戏的hard模式。

每天上班就怕路过中介，小纸板上的房价一天一个样，销售员得空就给你塞个传单，你挥挥手说："老铁，别给我了，真的扎心了。"

没办法的事，有碗鸡汤是这么炖的，说："生活就是你意识到它的残酷还依然保持热爱。"可是勺子呢？怎么去"热爱"呢？大夏天在地铁上挤一身臭汗，回到5平方米插间的钢丝床上一躺，"爱"就从地板上汩汩而出吗？

2012年，我来到北京工作，租住在北京棉纺厂的老家属区，六七十年代的房子，横七竖八，盖得非常随性，我花了一周熟悉地形，才不至于在里面迷路。我租的那间房子是两室一厅中的次卧，10平方米，放一张床、一个柜子，稍微胖一点的朋友来做客，转身都费劲儿。

窗户直对着西山太阳，夏天待在屋里都不敢张嘴，汗太咸了。我选择它的唯一理由：月租金1200元，还是月付的，房东真是菩萨化身。

后来，我央求房东把衣柜给搬出去了。"一杯红酒配电影，

①　知乎live是知乎推出的实时问答互动产品。——编者注

舒服窝在沙发里"，我向往的生活跟当时流行歌里唱的不同。我去楼下卖旧货的地方，淘了一张抽屉带有铁锁的旧书桌，那张被磨得包浆的桌面上，刻着不知哪个年代的名字——"瞎比"。

就这样，"一瓶燕京配电脑，舒服趴着码字"。我的书桌就是笔头的战场，我在那里写出了第一次账号推送，写出了被马化腾转发到朋友圈的热文。

冥冥有天意，"瞎比"意味着我北漂的生活，恰如盲人骑瞎马，比命比运比勤奋。

后来搬离小黑屋，时间已不可以拿来丈量，房价一点也不遵循价值的规律，1200元的小黑屋再难寻。但人还是得活着，人最本质的"希望之火"不应该熄灭，那就是"变成更好的自己"。我绝对不会鼓吹：你只要努力就一定能在北京买房。这不现实，但你一定能变成更好的自己。

这几年我住进了两居室，从路边陆续捡了两只猫，书桌书架成了猫的爬架，看它们上下翻腾，这两个活物因我而有了生活，我的生活也被它们见证着，我想我的"精神角落"就在那年糕般粉嫩的爪子里。

我们无法看透、理解一个人，往往是因为难以抵达对方的"精神角落"。最近看到一篇《智族GQ》杂志采写咪蒙的深度报道，有一个细节描写蛮让人回味的："这个房间内唯一整齐的是书，咪蒙的右手边有一列，几本王溦和刘瑜挨着几本青春励志类书，她背后的书架上是长列的金圣叹文集。"

咪蒙的青春励志书是培育她打开市场的金钥匙，我想背后那一列长长的《金圣叹文集》或许才是咪蒙真正的"精神角落"。她因《好疼的金圣叹》出道，历经沧桑，站到峰巅之后，又要回到《金圣叹文集》中寻找内心安定的答案，譬如那句："台榭如富贵，时至则有；草木知名节，久而后成。"实在是适合她从式微纸媒逃离、创业巨亏散场、操练公众号的起伏人生了。

　　你的精神角落是在美式厨房做份牛油果沙拉？还是改造出猫主子的游乐场？或者像广告狂人那样，用一面墙的威士忌来润色那些没完没了的文案？

　　总之我们心里都藏有一个角落，那是生活的承载，是惬意的避风港，是精神的应许之地。

不读书人的一周

有一次饭局我问六神磊磊，你怎么能记得住金庸著作里的细节呢？他笑而不语。我没继续追问，武林中人传女不传男，可以理解。我想他肯定经历了精读、记录、思考这一过程才能触类旁通，在解构现世生活中做到融会贯通。

我今天编了一个段子发在了朋友圈，很多人表示有同感。段子是这么写的："主要看气质"能玩一天，"8090年龄表"能玩一天，"优步被封"能玩两天，"12306"能玩三天，这就是不读书人的一周。

回忆一下，最近一周，你社交平台上的议事日程是不是被这些所谓的热点把控？你是不是也成了参与创作、传播的一分子？

说实在的，我也想把吴彦祖、金城武、三表等帅哥的头像放一起让大家找出最不帅的那个，后来放弃了，不是对自己的颜值没有信心，而是觉得这玩意有什么鸟用呢？

我有时候甚至怀疑咱们国家是有个秘而不宣的"热点制造"部门，吸收了一些根红苗正的段子手，时不时在人民被雾霾、强拆、拥堵、食品安全折腾得死去活来时，放出一些低门槛、易参与又好笑的段子游戏，来消解痛苦，让人们陷入一场集体无意识的狂欢中。拍一张灰色的天，配上"主要看气质"的文字，大家嘻哈一笑，等风来。

这样的热点刷屏真是一场灾难，我们找回了广播体操的感觉，大家按照固定的格式，用整齐划一的动作在社交平台制造垃圾。很难给这样的行为点赞，因为你既不能为这种贫瘠的创造力折服，也不能看到其中蕴含的志趣、态度与美学。

我倒不是认为这是一种罪恶，只是觉得有点空洞、乏味，如果你是属穆桂英的——阵阵不落下，参与了以上提到的全部游戏，我就想问问：你真的不读书吗？你不能输出更有价值的东西吗？哪怕是给朋友圈的人介绍一道菜、一只猫、一本书呢？

我朋友圈有5000人，理论上不会落下任何热点，我因为节目需要也在观察热点，但不是套用热点做填字游戏，我想找寻其背后的文化、社会根源，试图传递一些价值观。我几乎每天都在输出，不读书是不行的，总有一天山穷水尽，写一篇《雾霾借势哪家强》类似的盘点文章毫无意义。

有人说我们一天天上班累成狗了，表哥你看点书写点东西还能换点广告费，咱们在朋友圈刷刷段子乐和乐和碍着你啥了？

你骂得都对，不过你再想想。胡适先生解释为什么在百忙的学生生活里那样起劲儿写札记时说："要使你所得印象变成你自己的，最有效的法子就是记录或表现成文章。"

我很赞同胡适先生的观点。现在回看自己七八年前写的博客，往事历历在目，得失与成长一目了然。我影友群里有几个小朋友也开了公众号，阅读量都不高，但坚持记录自己的生活与感悟。他们可不是闲人啊，有的还在复习考研。我会集中一段时间去阅读，偶尔打赏，真的希望他们一直写下去，这是一笔宝贵的财富。

总有些刚接触微信公众号运营的小朋友来问我具体的工作方法，一问基本都是没有系统写作过的，文字的感觉可不像做爱一样，抚摸两下就来了，你平时没积累，连QQ空间都没认真写过，上来就要捷径，呵呵，想得比美图秀秀还美。

我喜欢的公众号作者基本都是有大阅读量的。科技作者阑夕，每篇文章信息量都很大；苹果叛将池建强，看点啥都写在了公众号里；阿里叛徒冯大辉，也是经常在朋友圈晒书的。

他们的创作内容不是一图流[1]，不是编译海外来料，不是知乎搬运工，不是八卦加点评，是有强烈的价值取向的，称得上是真原创、纯原创。不看书，不积累，怎么能有那么多拥趸呢？在微信公众平台，娱乐化、空洞化、嬉皮化是显学，所以更可贵了。

---

[1] 一图流的意思是发帖只发一张图，帖中不带文字。——编者注

自媒体人越富有、越成功就越没空读书了，要跑会、要演讲、要炖鸡汤、要拜码头、要跑步，文章都交给小弟写、公关写了，看完《浪潮之巅》《沸腾十五年》基本就可以在百家、搜狐、网易开坛了，所谓IP（知识产权），就是大旗不倒，开枝散叶。

就写到这里吧，我还要刷朋友圈呢。

痛苦对我们来说太奢侈

今天咱们说说痛苦。我最近一次的痛苦还是在一年前，那是我最好的朋友撒手人寰，至今我都不敢回忆过往的种种，想写篇纪念他的文字，每次提笔都笼罩在悲伤的情绪中，毫无头绪。

那有人说了，这一年你就痛苦一次，是不是过得太顺风顺水了？其实我和绝大多数人一样，在硕大的城市中，为工作的繁复、未来的飘忽、生活的柴米油盐伤神，磕磕绊绊总是难免的，但全然不能称之为痛苦。因为这个年纪，痛苦的代价太大。

悲秋伤春，为花溅泪，替鸟惊心，这是文艺工作者干的事，人家能用痛苦换来掌声与鲜花，就像汪峰高歌一曲充斥着迷惘与痛苦的歌，而后搂着子怡驾着豪车绝尘而去。而我们的痛苦只能换来朋友圈的点赞和知乎的谈资。为什么"痛经假"这么好的福利都会遭来女生的反对呢？说我们很同情你的痛苦，特别安排了带薪假期让你去安放这份痛苦，为什么反对呢？因为在竞争与机会面前，我们不得不假装自己是个情绪和身体都健康的人，我们要克制这份痛苦，使自己看起来与那些男人一样有竞争力。

以前你某个事业失败了，还有时间端着一杯马蒂尼，品尝痛苦的滋味，在那一个月活得像个行吟诗人。现在，不一样了，没时间痛苦了，否则社保就断交了。现在，没有跌倒站起的过程，而是倾斜之刻，校准身姿，马上换个赛道继续狂奔，你必须在颓像初露之时，就苦思下一个机会和风口在哪，这就是我们通常说的连续创业者。

普遍的焦虑之下，导致的就是人们把不利于生存的情绪压到罐头里，再扔到垃圾堆里。你的痛苦只有在成功之后才能被当成铁血意志的B面广为传颂，否则是没有价值的。现在人们对没有价值的东西通常没有耐心，必须做点事情，哪怕是不好的，好让痛苦快点结束。

在三十往上这个年纪，用奥里留斯的话说："你历经沧桑，已经无所不知了。"没错，对很多人来说，生活的基本经验都得到了，体验了岿然不动的自然法则，确定每个人生命都会终结，再也无法随着时间的流逝获取更多关于自己和世界的信息，剩下的只是不断重复。

这就是成长的宿命，就像马尔克斯说的："我们累，却无从止歇；我们苦，却无法回避。"

而回到夕阳下奔跑的年纪，很多痛苦来自不肯离场和死不放手的执着。譬如为了一个分手短信，连夜登上火车，去往几千公里外的城市，在别人楼下苦站一宿。这种自残式的表演只有在那个年纪才显得不滑稽。而现在，不要欺骗自己，眼泪和叫喊只能弱化痛苦，不管你有多痛。要知道，这就是规律，因为你是人。

领导逼你发朋友圈，发吗？

今天凤凰网的朋友拉我进了一个群。他们经常用微信群来组织一个话题讨论，方式和效果都不错。

今天的群是用来讨论一个话题：领导逼你发朋友圈能否告他？后来可能因为大家活这么大也没真告过谁，于是话题缩小成：领导逼你发朋友圈，发吗？

群成员基本以律师、媒体人、写字的为主。如同想象的一样，支持不发的占绝大多数。我心想这还咋辩论，于是我把自己的群昵称改成"领导"，坚决站在了另一面，独自抵挡雷霆炮火。

对面的观点是这样的：

1.领导让发的内容太low（低劣）了，好的内容不用"逼"也会主动发。

2.又没给钱凭什么发啊？

3.发了能有什么效果呢，无用功。

4.不想让私人空间受到干扰。

我是这么想的：

我们从一出生因环境的变化就注定不会随心所欲，"逼"贯穿在成长的岁月里。谁想喝苦药？被逼的，为了健康。谁想死皮赖脸站在女神楼下一宿？被逼的，为了性福，有尊严就不叫备胎了。谁想选理科？被逼的，为了就业。谁想挤地铁？被逼的，为了生存。

都想要自由，都想无拘无束，但当你想采菊东篱下，天子呼来不上床，现实立马就给了你一巴掌。人哪，往往活在"被逼"中内心却对"逼"这个字眼过敏又抗拒。

恐怕没有绝对的错与对，好在我们可以比较，我们可以趋利避害。以同窗之谊逼你转中华神皂，因上游之利逼你转低劣营销帖，与领导逼你转和公司业务相关的内容相比，当然是领导开心，你的公司又美名扬，更划算啦。

领导让你转的内容，你觉得low很正常，因为"low"本就是很主观的判断。在朋友圈分享红包在冯大辉看来就是很low的行为，但你觉得能惠及他人，何乐而不为？领导的审美有时候是从公司全局战略出发，他会做出符合公司发展的决定。再说了，领导不可能天天让你发。首先他有节操，再者如果天天发稿，你们还干不干正事了？

你在小公司或许要接受公司的产品从简陋到美丽的过程，你在大公司或许要接受部门研发的新产品从简陋到美丽的过程。一开始，它与成熟的东西相比肯定会low一些，你不接受毛坯的现在，当你迎接绚丽的未来，喜悦的成色会那么足吗？而你本该就是传播的源头和种子。当我以一个行业观察者的角色看那些创业者满怀自豪地在朋友圈发他们的产品，我没有鄙夷，他们还能借助什么呢？他们还能炫耀什么呢？我们能看到那些汗水和日日夜夜的不眠不休吗？接受他们的不完美，期待他们的成长。

其实就业协议里并没有条条框框把你的工作写得那么细，有种东西叫"工作范畴内的额外任务"。当你上班时间逛淘宝、上微博、刷朋友圈，你有没有考虑你在浪费老板买断的工作时间？领导让你转个朋友圈，手一滑的事，你居然还好意思谈钱？你转优步那些神乎其神的营销案例，谁给你钱了？你转那些花里胡哨的H5谁给你钱了？你转那些馊了吧唧的鸡汤谁给你钱了？一个对公司发展有帮助，可以让你的待遇水涨船高的事，你居然谈钱？你混日子、觉得自己公司low、出了公司门就不认公司人，你居然还不走？

领导让你转发业务相关内容到朋友圈你觉得他在乎的真是效果吗？别开玩笑了！咱都是普通人，传播效力能有多大？咱也不是干微商的，朋友圈好友能有多少？领导看中的是你们对公司投入的激情，看中的是你们的那份自豪感。如果你是在一家创业型的小微企业，你其实还扮演了一个义务宣传员的角色，你不是来当大爷的。

那些晒晒蓝天晒晒娃、秀秀恩爱秀爸妈、左手鸡汤右手谣言的人突然谈起"私人空间"了。拜托，你在朋友圈卖蜂蜜卖面膜卖肥皂的时候你咋不提私人空间了呢？你一天转十个公司的软文你咋不提私人空间了呢？这回转发一下自己公司的东西，领导开心、公司美名远播，自身也显得很有正事的样子，这种三全其美的事怎么就七八个不愿意了呢？

怕被朋友拉黑？别自作多情了。那些被拉黑的不是把自己朋友圈变成公司主页的人，而是三观崩塌、趣味低下、人格模糊的选手啊。

还有人说："建个分组，只发给领导看。"你骗领导，其实是害了自己，不展开说了。

说真的，如果真等到领导"逼"你，你才发朋友圈，那么你真的很危险了。如果我是一个工作室，我的视频连我自己的小伙伴都不愿发，我心里一定很难过，我请他发，他也不发，那我们一定是同屋异梦了。

其实比起性骚扰、克扣工资、超负荷运转，转个朋友圈的伤害小多了，职场就是这样，总有些不如你意的地方。所以我今天不讨论绝对的对与错，我只说对你更有利的选择。当然你说你自己牛到不行，去哪都行，不行就换，那你随意啦。

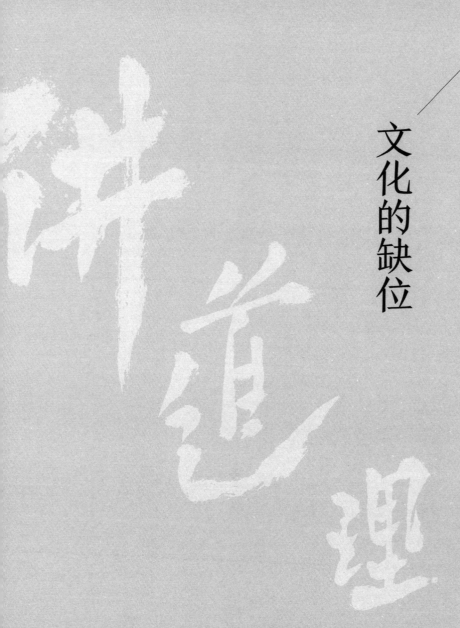

文化的缺位

我为蓝瘦感到难受

网络流行词"蓝瘦、香菇"让我挺无语的，如何评价它们呢？"饭否"网友"瘦死也光荣"说得极为犀利："蓝瘦、香菇"这两个词，真是看不到一点点人类智力活动的痕迹，看到谁用就能在心里感觉到："哦，这个人，真是个爱赶时髦的村姑。"希望大家有点审美能力，懂得语言的魅力，不要像荷塘里的养殖甲鱼，看到网络扔块腐肉流行语的饵，就噌噌上钩。钩直饵咸你又蠢。

这位朋友说得对，确实从中看不到任何智力成分。在网络段子中，"谐音梗"与"方言梗"是最下品的，技术上不高级，笑点也显浅薄，纯属挠痒痒。这种口音带来的喜感居然能刷爆网络，着实让我惊讶。我想，经常看三表龙门阵视频的朋友就会很习惯，因为5分钟的脱口秀里得有一半发音有问题。

"方言梗"能让人发笑、能流行，我想这和"地域成见"有关系。"地域成见"多现于我国的喜剧作品中。譬如道上大哥必须是东北口音，一肚子坏水的奸商多半操着广东普通话，傻大个张嘴就是山东大葱味，电话诈骗那准保来自福建，吃着海底捞气若游丝和人聊天的，那是吉裔杭州人冯大辉。如果试图打乱上面这些搭配，很多创作者的喜剧细胞就坏死了。

有下品就有上品，譬如"这届××不行"。它的背景是，有个主流媒体发表文章认为中国老百姓办事都要找关系，形成了不良的社会风气，是导致官场腐败的原因。被顶到最高的网友评论是："看来，是这届人民不行。"你看，这个流行语它就有很强的讽刺意味，调笑权威，小段子有大智慧。

语言本来就是人民群众创造的，凝结了数代人的智慧，互联网又打破了语言交流、融合的壁垒。譬如"损色"以前可能就东北人在用，现在通过网络、直播间全国人民都喜欢了。语言也在与时俱进，变得更细分、更精准。譬如形容一个坏男人，以前叫"负心汉"，现在按照成因可叫"渣男""凤凰男""猥琐男"，特别垂直。

正是因为网络的加持与加速，现在是段子手、营销号在制造语言的流行。以前人们跳忠字舞、背语录，见面来一段。现在呢？"楼氏广告"旗下的段子手们在决定你第二天和朋友聊什么、在社交网络刷什么。以前我们是用挖掘机在罗永浩的碎叨话里扒出了一句"彪悍的人生不需要解释"，现在段子手有能力让你每天都活在"香菇""芹菜"里。

为什么零智力含量的"蓝瘦梗"会流行呢？因为现在人们得

不断补充新鲜的谈资，一旦断供就会像宋冬野一样蓝瘦，一天没有热点等于白过，患了"潮流脱节恐慌症"，审美、品位都让位于表态。而且现在网络平台的话语体系是色语、酷语、秽语、流行语的四位一体。色语就是叫嚣睡小鲜肉，酷语就是动辄改变世界、颠覆生态，秽语就是动辄拿生殖器说话，流行语就是洪荒之力、蓝瘦。你翻翻你的公众号订阅列表，一定会回来给这篇文章点赞的。

写到这里肯定有人会认为我在上纲上线，站到了鄙视链上游。是的，没错，就是有那么"一条线"在区隔不同的人，成为我们评判作品的尺度。我的偶像王小峰先生会在自己独立博客的评论区，把发流行语的网友自动标识为"黑猩猩"。和菜头说"想要文章比人活得久，那就尽量不要使用网络热词。"（10年后，你再看自己的文章，可能会被那些热词搞得莫名其妙。）

如果你细心点观察，你的朋友圈里那些独立思考、有自己一套风格的人应该没有参与网络流行词狂欢。作为一个写字的人，创作中依赖热词和流行语，等于承认自己想象力、词汇量贫乏，经常使用这类语言的人，往往是他的语言基因链缺点什么东西造成的。

我和我的小伙伴们，给力一点吧，让我们携起手来，先定一个小目标：尽量不用流行词，释放文学创作的洪荒之力。

　　　　　　　　文化的缺位　／

当武亦姝后面跟着《弟子规》

我觉得现在夸人的手法越来越丧心病狂了，管客户叫爸爸，管有钱人叫老公，管漂亮女孩叫女神。最近他们又变本加厉，悍然地称一个"人体点诗机"满足了人们对于古典才女的所有幻想。我就奇怪了，你有什么权力代表"人们"？人们都像你这么没文化、没见过世面吗？

有时候人类表述夸张一点，可能和心情还有酒精度有关，可以原谅，特朗普都能被原谅，何况他人，但堂而皇之地撒谎就是品性问题了。譬如有人在褒奖小姑娘才华的同时，还说她颜值巨高。作为一个行事得体的艺人，我是很忌惮点评女性外表的，但你拿自己的嘴当美图秀秀给人容貌开光，我是忍不了。

武亦姝厉害不厉害？我必须有限地承认她在记忆力、舞台表现力方面确实有过人之处，她能让我想起初高中时代的学霸，但你说让我联想起李清照，对不起，我没吃六个核桃，脑洞没那么大。现如今这点"过人之处"就足够让人赞叹了，因为我们国人时不时就会为走进中南海的气功大师、背诵好几公里圆周率的神童、心算七八位数加减法的最强大脑所折服。

《中国诗词大会》出的题并不超纲，本质上就是一个考察记忆力的电视综艺节目，原创性、思想性都谈不上，是一次中国"填鸭式教学"的大阅兵。说不定未来还会有《中国中医大会》啥的，只见董卿轻启经过迪奥烈焰蓝金唇膏080色号涂抹的嘴唇："请听题，胸中痞坚，胁下逆气抢心，用人参、白术和什么什么各几两？加水几升？煎至几升？"一排活跃在电线杆上的祖传老中医开始抢答，场面大型感人，然后朋友圈刷屏了：谁谁满足了我对李时珍的全部幻想，谁谁真是腹有《本草纲目》气自华啊。

可能，徐达内看到人家节目收视率这么高，大腿一拍，联合优酷、腾讯、爱奇艺搞了个"中国标题党大会"，抻抻高领毛衣，朗声说道，请听题：罗振宇、罗永浩、罗玉凤打起来了，你们给个惊天地泣鬼神的标题。咪蒙第一个亮出题板："你永远叫不醒三个想犯贱的人"，铅笔道紧随其后："三兄妹奋斗十年总身价超梅西 一次PK耗血填满鄱阳湖经纬创投张颖捧腹围观"，冯大辉不疾不徐最后收兵："打架？要不要打，如何打？"

中国各种大会，说明中国各种不会，缺什么补什么。成语大会火，说明在中国这种语言词汇过时了，现代人爱说的四字词是：累觉不爱、人艰不拆、不明觉厉。汉字听写大会火，说明在中国写字已经过时了，"提笔忘字"已经成为流行的精神疾病了。

百家姓火，说明在中国宗族观念已经过时了。

开十年《中国诗词大会》也改变不了古典诗词是小众文化的既定事实，它不会再次流行，它不再是人们的主流表达方式，这并没什么值得可惜的。语言文字就是随着社会环境的变化不断在创新，现在我们还有更多的辅助方式，譬如通过摄录设备来提升交流的质量。以前夸落日："千嶂里，长烟落日孤城闭。"怎么说呢，美则美矣，一头雾水，如果不是为了得分，谁愿意揣摩范仲淹到底想表达什么呢，还不一定对。现在范仲淹要是在朋友圈发这个，人家会说无图无真相，有图胜一切。

那有人要抬杠了，"飞流直下三千尺，疑似银河落九天"和"这瀑布真壮观啊"能是一个档次吗？可是，你这不也在背诵李白的吗？是你原创的吗？当年唐朝举办"中国赞瀑布大会"，李白嘬了一口二锅头吟了一首《望庐山瀑布》，张九龄表示不服念了一句"今古长如白练飞，一条界破青山色"。你看，人家念的是前朝阮籍、嵇康的作品吗？

一种文体、一种文化要有人在不断创作才能保持它的活力与生命力，现在写古体诗的是小众人群和一些写"纵做鬼也幸福"的人。发个文件，号召死记硬背是复兴不了诗词的，死记硬背然后出口成章的那种才华，质地并不高。现代就得有现代的文化，很多人将"今天很残酷，明天很残酷，后天很美好。很多人死在了明天的夜里"奉为圭臬。

我听说香港诗词大会已经办到第26届了，正式名称叫"全港诗词创作比赛"，人家中学生尽管也在拟古，但不是搜肠刮肚地背诵，而是以古诗词的思维创作古诗词，其中不乏高水准之作。这种保护就是把死水变活水。

其实，我最担心的是一件比背诵更可怕的事，那就是把思维关进陈旧、迂腐的牢笼。譬如，在弘扬传统文化的背景下，教育部基础教育司给出的教程指导里，《弟子规》赫然在列，我住处楼下就是一所小学，每日晨课学生们都大声朗诵，太可怕了，我有孩子了，绝不能让他接受这样的教育。《弟子规》集中国传统文化糟粕之大成，几乎全是陈规陋习，迂腐不堪，对其批判的文章已经很多了，我就不展开讲了。未来，"二十四孝"进校园就更可怕了，卧冰求鲤、戏彩娱亲，变态至极。

回到今天《中国诗词大会》的主题，我不需要过多地去夸赞它，因为这样的文字太多了，我更想分享我的一些警醒：如今，背诵诗词无甚大用，除了对高考作文有所帮助之外，并无太多功利之需，不过以诗词为翘板，用跑偏的传统文化绑架诗词，借此鼓吹顺从、忠贞，让抹杀个体思维的"传统文化"飞入寻常百姓家，那就实为有识者所不齿了。

文化的缺位 ／

那些讨厌的都该死

2012年6月8日欧洲杯拉开帷幕时，我这个球迷跟工作了四年的企业说出了再见——没有什么比这个借口更适合对老板说了。我的老板有着极富传奇性的人生，当过电台播音员、电视台主持人、电视台广告中心主任，他单枪匹马拿下某大型药企赞助的段子，我亲耳听他说了不下三十遍。后来在电视台改制中，他又去了影视集团当起了副总经理，也就在这个当口，2008年他萌生了干一把中国原创动漫的想法，与体制内身份切割干净，一个猛子扎进文化产业的洪流中。

老板有着朴素的理想主义情怀，他以儒者自居，专研孔孟，企业文化多发端于《论语》，创业的第一个项目灵感也来源于中国传统文化。那个叫"海叔"的作品，试图用时髦的方式加入网络新鲜词汇解构"仁义礼智信"，寄希望于用寓教于乐的方式给祖国的花朵们灌输老祖宗的学说。尽管我们曾经在10万册已装帧完毕的图书上发现一处错误后，果断将其付之一炬，但事实证明：一旦"教"了就不"乐"了，市场遇冷是必然。政府部门的领导一听"传统文化"，于教化有益、与精神文明贴近，眼睛放光，但也仅仅是放光而已。

选择比努力更重要，这是老板给我们炖的心灵鸡汤中最为重要的一碗。在"海叔"项目搁置后，我们觉得站在巨人肩膀上或许更容易成功，后来便如获至宝地花了200万元签下在中国动漫业内颇有影响力的作品《乌龙院》十年的影视改编权。我们又借鉴日、美等动漫发达国家的经验，采取了"营销前置"的商业模式，即动画片还未上映前就把衍生产品开发、商业植入的预期敲定好，待到正式与观众见面时同步上市。直到现在，我都认为这是健康、理性的模式。你要知道，在中国一部动画片的平均成本在一分钟一万元左右，而电视台的收购价大概一分钟仅有500~800元。饶是这样倒挂的怪胎机制，有些电视台不但不给钱，甚至要动漫公司倒贴钱，所以指望动画片出来再吆喝黄花菜都凉了。同样，如果你没有圈来足够的钱，那所谓的精品化创作不过是一腔热血罢了。

老板拿了一副好牌，文化产业也恰好进入了喧嚣的时代。2010年，"十二五"规划中明确提出推动文化产业成为国民经济支柱性产业。这一政策催熟了太多中国动漫人的春梦，动漫产业成为地方政府GDP的一分子，那一年中国动漫受到了从未有过的礼遇。2011年春天，新成立的天津国家动漫产业园一行数人远赴长春游说老板，开出的条件是：三年免税，近千平方米办公场所免费，职工享受天津蓝印户口待遇，比保障房还优惠的公屋计划，等等。这样的诱惑，谁能抵挡？后来大批长春骨干员工进驻修葺一新的动漫产业园，公司核心业务也转向此地，大干快干的风气弥漫着整个企业。

从天津市区驱车一个半小时，沿途景色以灰色调为主，开过彩虹桥，在快与唐山接壤的地方便是天津国家动漫产业园了。这个动漫园坐落于中新天津生态城，中国与新加坡合建，遍地可见的是世界上最为先进的环保概念，包围着它的是风能、太阳能、生物质能等可再生能源示范基地。再往远走，是一片化工区，据说三年后将逐步搬迁一空，文化产业战胜了化工业。

我们居然是第一批入驻的企业，这一点在日后由我负责的宣传工作中被屡次重点强调，和"排头兵""弄潮儿""第一个吃螃蟹的人"等词自由组合。这里几乎是动漫产业的"共产主义阶段"，机器是高配置的，甚至拥有亚洲最大的渲染中心及最先进的动作捕捉技术，食堂每日有三十个荤素不同的菜供选择，刚入津的员工一个月后普遍发福。

但我们也处在了被"圈养"的状态，周边除了工地再没有任何娱乐、商业设施，十几个员工在近千平方米的办公室里，说话得靠喊，上厕所得踩脚踏车，资源极大地被浪费。后来我们每天都要迎接一批从祖国四面八方前来的参观者，隔三岔五就能看到从中央到地方的领导来视察，我作为宣传总监，几乎每周都要接待三四拨媒体采访。

　　动漫产业园为了彰显自身的吸引力，时常宣称有一些知名企业进驻。譬如《读者》来了，其实只是《读者》有意把新媒体中心搬到这里，在此办公的也只有一名员工；譬如又说酷6来了，后来才知道只是审核团队被放在这里。直到有一天我发现楼上来的一家企业是做汽车租赁的，才知道享受文化产业红利的不一定非得是文化企业。

　　那些牛掰的制作设备，只有领导来了才开放，供拍片使用。看似生活在蜜罐里，但并没有让我所在的公司业绩有所好转。"营销前置"的理念直到老板有一天在地摊发现《乌龙院》正版价格是衍生品的好几倍而摔得稀碎。我们占二分之一强的销售团队仍然采用电话营销的传统方式，结果收效甚微。但我们心安理得地住着大办公室，与园区一起维持着繁荣景象，谁也不愿意打破。最后，《乌龙院》因为某些问题无法上映，近三年的筹划落空。老板从投资人那里要了点钱，在园区盖了个写字楼，准备未来靠租赁赚点钱，文化产业变成了文化地产。

　　2011年天津国家动漫产业园号称有180家企业入驻，今天我打开官网一看，入驻企业已变成1000多家，号称已"逐渐成为我国动漫产业的大本营"。最近值得夸耀的成绩是入驻企业青青树创作的《魁拔》获得了"金海豚"最佳影视动画长片金奖。不禁想起余洛屹获得过那么多奖项，结果是家破人亡；前东家摘得那么多桂冠，结果依然为生计发愁。

给你政策的蜜糖，也给你审核的砒霜。《喜羊羊和灰太狼》与《熊出没》是中国最火的两部动画作品，同样也是《新闻联播》批判的"暴露粗俗"的代表。最近它们悄无声息地做了改动——灰太狼还是在抓喜羊羊，还是会扔到锅里，但是锅底下没火；光头强也依然在追熊，但嘴里喊的不是"臭狗熊"而是"小熊熊"，"该死的"也变成了"讨厌的"。

嗯，对于中国动漫，有些"讨厌的"是真"该死"！

我们只是讲道理，怎么了？

现在做人太难了，稍微楚楚可怜点就被叫作"绿茶婊"，再讲点道理掰扯掰扯就成"圣母婊"了，随便晒张自拍，就有人说：这个样装得我给十分。

贴标签最容易。找你帮忙的，一定是想占便宜的loser（失败者）；写个正儿八经的稿子就有人怀疑你收了钱是黑打手；帮朋友转个广告，那你这厮一定是堕落到尘埃里了。

为什么爱给人贴标签呢？因为时间太稀缺了，人们上班下班柴米油盐酱醋茶、上网游戏扯淡刷朋友圈，根本没工夫去彻底了解一个人，对一个人建立全面、立体的认知，那么就捡起我们最直观的认知再打个标签，一定没错。

譬如我有一个朋友叫艾薇尔，她抽烟喝酒文身烫头，别人都说是"婊子"，而我知道她是一个有着丰富情感世界的艺术家。我还有一个朋友叫冯大辉，喜欢刺阿里这些互联网公司，别人都说是"喷子"，而我知道他是一个有着缜密思维的科技观察家。

我们忽视人性中普遍存在的虚荣、贪婪、自恋、冲动，择其一放大，形成的认知标签当然是偏颇的。

我们评判一个个体为什么会有如此大的差异呢？盖因我们评判个体所能获得的收益不同。我评判一个人，花精力去了解他，这是一件快乐而有魅力的事。而有人评判一个人，不屑或者也没时间去了解，且了解一个人对他来说也没有好处，所以他贴个标签，只为表态，只为参与某个话题的需要。

给一个人打上标签，是找寻同类抱团的捷径，尤其在互联网环境下。给郭敬明打上"小偷"标签的人，会很快聚集在一起，形成一股合围的力量，甚至上升到社群。给黄子韬打上"狗带"标签的人，可以利用"亚文化"，对偶像做出持续毁灭性的打击，从中寻求到快感。

贴标签最恶劣的表现形式恐怕就是地域歧视和种族歧视了。河南人等于骗子、东北人等于痞子、新疆人等于小偷、韩国人等于棒子、印度人都是阿三；雅利安人最高贵，犹太人最低贱，知识分子是臭老九，劳动人民最光荣，走过黑人聚集区得看紧钱包，而我们都是北京人眼中的外地人。你看看，哪一样不让我们三观震颤？

试问谁又没被标签霸凌过？我在知乎上看到个案例，有个保守家庭，女儿穿清凉点就被母亲斥为妓女，留下一生阴影。我小时候有个同学，眼睛有点儿问题，"疤牛眼"就成了他的名字，一直叫到毕业，现在也不知道他怎么样了。

迎合贴标签潮流获得的掌声越来越多，譬如建立在"你弱你有理"基础上的变种文屡屡掀起讨论热潮。"弱"是相对的，甚至是动态变化的，强如王宝强在面对家人被撞身亡、无人过问的事件面前也和弱者一样爆起了粗口；我写文章不错，但P图就弱了；还有些人"弱"更多的是阶层固化的原因，你是大城市见多识广的金领，你口中的"弱"对于面朝黄土背朝天的农民来说那真是比通天还难啊。

这些流传甚广的文章批判恃强装弱、无理求助，看似有道理，但接收信息的人很可能徒增戾气，罔顾真正弱者的诉求以及真正需要帮助却不会口吐莲花的人，从而导致整个社会的泛冷漠。

倒不是鼓励无原则的有求必应，但如果有求不应，除了爆粗口、贴标签之外其实还有更多智慧的处理办法。要知道，你能那么粗暴，不过也是估摸着对方对你没有价值罢了。

为什么那些素昧平生却拔刀相助的故事总会千古流传呢？因为它难，因为它是义的高阶，因为人想扬善。

"著名自媒体人"爱迪生说过："如果我曾经或多或少地激励了一些人的努力，我们的工作曾经或多或少地扩展了人类的理解范围，因而给这个世界增添了欢乐，那我也就感到满足了。"

我真的希望我们在拒绝一个人的求助时，不以强弱论之，不是挂到网上贴个"贱人"的标签。你不是贱人，我也不愿"贱诺"，大大方方地告诉你：不愿意，办不到，没能力，有红包吗？

文化的缺位 ／

我想无理、无礼貌、无节操的求助者毕竟是少数。（如果真的到了干扰你工作生活的地步，为什么不反思你的交友圈呢？）良辰①有一百种方法应对，你呢？我们对出格的记忆总是很深，一个文字工作者又善于假借别人的故事汇入自己的体系中，营造矛盾集中爆发、极端事例扎堆的幻象，最后进行情绪渲染深加工，或许也有敲山震虎、树立高冷形象的诉求吧。

---

① 良辰，自称叶良辰，由于频繁在网络上发表极其嚣张的语言而引发网络热议。——编者注

圣母心，没毛病

你有没有被人称过"圣母白莲花"？

我就有过。

年前有人逃票翻墙掉到虎山里，被吃了。我说这人可怜，就被网友点了"圣母心"技能树。

我做错了什么？什么也没做错。就是和"这人该死、老虎可怜"的主流舆论相悖罢了。

"圣母心"一词的解释就是同情心泛滥、善意泛滥。

我揽镜自照，还真是这样的。譬如穷凶极恶的杀人犯，我有时候会对社会环境扭曲他的人格抱以同情。这显然是"政治不正确"的，如若表达这种"同情"，被网友盖戳"圣母心"是一定的。

但，我这种"同情"并不是排异的，我同样认为他可恶，我只是还愿意思考罪恶的成因罢了。

可"圣母心"的标签一出，立马就对立起来了，标签化再一次扮演了阻碍沟通的角色。

圆融通达就是"心机婊"，稍显虚荣就是"绿茶婊"，逆势同情就是"圣母心"，这就是流行的"网络社交礼仪"：盖章确认，老子不辩了，大家都赶时间。

网络虽发达了，观点多元化的时代还步履维艰。功利一点，仅以对错论之，"圣母心"不一定错了。人性皆有弱点，可怜不该可怜的人就是其中之一。譬如大街上有乞讨的，你阅读过大量暗访报道，认定这些人都是"丐帮"的，夜幕降临后就收拾行囊去会所了。或有这样的，但仍有可怜人，在施舍与不施舍的那一刻，你们都不是掌握绝对信息的那个人，完全发乎本心而已。

以上只是最简单的例子，更复杂的事件也有，反转个好几轮。譬如罗尔事件，很多"圣母心"现形了，被讥笑得好惨，我也是其中一个。我也不知道我"圣母"那一刻捐出的钱该不该。不过，不重要了，这只是我烦琐生活中微不足道的一瞬，你比我更能看穿整个事件，甚至第一时间就按住了钱袋，那又如何呢？谁还记得那个孩子？

我想人最初大抵都是常怀"圣母心"的，劝善是一门古老的功业。《马太福音》第24章说过一句话："只因不法的事增多，许多人的爱心才渐渐冷淡了。"所以"圣母心"的对立面倒不是"超脱、理性"，而是屡经黑幕后对"善"的畏惧，进而升华为一种"参透世事"的精明。譬如"某美美"事件后，大家就对某机构失去了信任。

　　"圣母心"绝不是助纣为虐，它更多处于观点层面，不会对具体的人或事造成实质伤害，"善过了头"顶多算冗余，"冷漠过了头"那简直可以对社会绝望了。

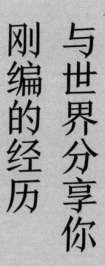

讲道理

与世界分享你刚编的经历

文人难有杨绛式妻子了

　　杨绛先生去世了，享年105岁。这搁农村就算喜丧，所以咱也别总沉浸在悲伤的情绪里了，说点杨先生有意思的事吧。

　　大家都知道杨绛和钱钟书是一对神仙眷侣。他俩是怎么认识的呢？1932年春天，在一个没有雾霾的日子，杨绛在清华大学结识了这位大名鼎鼎的同乡才子。很多人撰文说他俩是一见钟情，可杨绛先生是这么说的："人世间也许有一见倾心的事，但我无此经历。"用一句歌词来说就是：没那么简单，也就能找到聊得来的伴。

　　如果把杨绛与钱钟书的爱情、生活放在"女权主义"爆炸的今天，恐怕会遭到很多非议，很多小姑娘也难以接受。杨绛作为才华横溢的知识女性为钱钟书放弃了太多，连钱钟书评价她都是：最贤的妻，最才的女。你看"贤"是放在"才"前头的。当年钱钟书在文化圈被人介绍为"杨绛的丈夫"。因为在《围城》

出版之前，杨绛已经凭借《称心如意》红遍了上海滩。钱钟书也认为杨绛的散文写得比自己好，他们女儿的评价则更直接："母亲的文章像茶，芳香沁人，父亲的文字像咖啡加酒，喝完就忘了。"你看，高下立判。

有一次钱钟书看完杨绛编剧的喜剧演出后，萌发了写《围城》的想法，问杨绛支不支持，杨绛说：好啊，你是我的丈夫，我怎么能不支持呢？我明确告诉你，我是支持的。你瞅瞅，要是搁现在，你跟媳妇说："老婆我不想上班了，想在家写本小说。"我相信你媳妇分分钟把银行账单甩你脸上。

钱钟书每天只写500字，经常偷懒，杨绛还得哄他、鞭策他，此外为了节省开支，因为钱先生写书，就没有太多时间去上课了，收入锐减，于是杨先生把家里的女佣辞退了，自己包揽了所有的家务活，劈柴生火做饭样样都来，烟熏火燎、手指切破，心甘情愿伺候着，只盼着丈夫的大作早日问世。

1935年，杨绛还放弃清华的学业陪着丈夫远渡重洋，去英国留学，丈夫生活自理能力极差，所以杨先生又是极其辛苦地操持饮食起居。1949年5月，清华大学有个规定，夫妻不能同时在本校任正教授，杨绛又一次成全了丈夫，屈尊做了兼职教授。你看，一个娇生惯养的富家大小姐，一颗即将冉冉升起的文坛巨星，自从嫁人后，就这么藏在了钱钟书身后。

所以杨绛一直把自己视为"钱钟书生命中的杨绛"，把照顾钱钟书视为终生的事业，因为要保护丈夫的一团痴与狂，所以她认为"这项工作无比艰巨，常感到人生实苦"。

以当下的视角来看，如此失衡的家庭关系很难长久，我们也不再鼓吹"贤惠""牺牲""成全"为一个妻子的最高品质，而是鼓励女性走向社会，实现自我价值。所以真情常在，但杨绛不常有。想偷懒的男子多了，真是钱钟书的可没有。我们收获了一个钱钟书，也失去了灶台之外或许更具光芒的杨绛。

不开年会的公司多半是要废了

我有两个朋友，一个叫冯大辉，另一个叫池建强，都是比鹤顶红还赫赫有名的人物。我们三观接近，对很多事件的看法趋于一致，譬如赤壁之战这事，摊开我们的手，上面都写着"火"字。

但是，最近关于"年会"这事，我们的意见开始分岔了。冯老先发了一篇《为什么中国互联网公司的年会都这么垃圾呢？》，池老附了一篇《我为什么不喜欢开年会》。两人一唱一和，搞得今年演出道具租赁公司的生意特别难做。

他俩不喜欢年会是有原因的，因为任何一个公司都不可能安排现场写稿这种节目的。吃海底捞算冯老为数不多还在坚持的爱好，让他上台表演一分钟吃掉三盘雪花肥牛吗？不可能！池老钟爱打羽毛球，让他上台表演扣杀吗？中年男子的翻腾没什么票房啊！

在舞台上不能成为焦点，又不愿做个安静的吃瓜群众，他们当然要反对年会呢。

可对于很多有才又内秀的朋友来说，公司阶层固化，平时走动又少，年会是唯一能释放自己魅力的通道了。没有年会，你不知道程序员小王是个钢琴八级高手，你不知道前台小张还有副马甲线，你不知道董事长老李变装之后居然骚浪贱。上班时候，彼此的那张老脸都看烦了，私下社交又少，现在给你个机会看个通透，还不美滋滋的？

很多人一辈子就帅两次，结婚一次、年会一次。很多人一辈子就能上两回舞台，结婚一次、年会一次。不开年会，他们的人生等于就暗淡了一半；不开年会，他们童年在藤条抽打下磨炼出的技能就只能永远束之高阁了，白瞎了呀。

很多年会节目确实尴尬，但那是一种饱含善意与努力的尴尬。我在广告公司工作过，客户不掉线，那就永远在上班，累成哈士奇了还要挤出时间来排练年会节目，且这份额外的辛苦是不给钱的。那凭什么呢？想红吗？能加薪吗？其实就是为了让那些上不了台面还爱挑剔的同事们乐和乐和。谁也不是专业出身，都是对抗了僵硬的肌体、劳累的身躯、贫乏的艺术细胞后变着法子让你开心一点啊，少年。当我坐在台下，谁要掌声我都给，因为作为艺人，我了解他们的甘苦。

年会都开不好、开不起来的公司多半是要废了。我曾经待过一个公司，行政部门老早就通知准备节目了，结果人人都往后缩，唯恐避之不及，完全没有KTV里麦霸的风采，最终主持人都没选出来，只好作罢。这种公司的气氛往往是压抑的、憋屈的、死气沉沉的，有个稍微爱打扮的姑娘准被骂成骚货，有个开心果就被损为臭显摆，员工个个都不如机器人，人家通上电好歹还能蹦跶两下。

有人说，我就讨厌热闹，就不爱开年会，我就清高，我就格路^①，怎么办？我心想，你一个打工的能不能计较点重要的事呢？总琢磨抢鸡蛋的事还有出息吗？半天的委屈都受不了，你进入职场干吗呢？我有个好主意，你到年底前就辞职，再找几个同好，整个"不开年会娱乐有限公司"，永绝后患。

写到这里，我突然有种莫名的悲伤，很多人是饱汉子不知饿汉子饥啊，你们有想过我吗？我一个人只能和麦克风开年会，我自己报幕，自己给自己整俩节目，抽奖环节，我打开购物车，闭眼睛狂点鼠标，点到哪个，哪个就是我的奖品，这种孤独你想要吗？

---

① 格路，东北方言，意思是：格外不同，路数不大众。——编者注

不跑北马就不是傻子吗？

昨天朋友圈被一篇题为《你是跑了北马的那个傻子吗？》^①的文章刷屏了。截至阿表发稿前，仅在微信公众平台阅读量就破了10万，点赞数达到826个。

这是甜咸之争后中国社会出现的又一巨大分歧，问题绝不像五毛与公知为"带鱼"争风吃醋那么简单，而是呈现了"你中有我、我中有你"的复杂局面。跑北马的人群里既有公知也有五毛还有骑墙的理中客，他们互相渗透、彼此鼓励，不存在邪路，都在一条长安街上同呼霾共命运，我想英明如建丰同志也一时难以辨清。

我没转那篇文章是因为我有几个好友他们抽烟喝酒文身也跑北马，但只有我知道他们不是傻子。一个搜狐IT的编辑、一场足

①　本文称的北马是2014年10月19日的北京马拉松，当天PM2.5指数达到200多，很多人戴着口罩跑完全程。——编者注

球比赛动辄就进四五个球连女朋友都没有的帅小伙怎么可能是傻子呢？联想集团的总裁更不可能是傻子了！我要是转了再加几句点评，这几乎就是对朋友赤裸裸的伤害了，骂傻子无助于他们的身心健康，更不利于友谊地久天长。

悲哀的是：我们通常对爱炒作、好作假的企业过分宽容，甚至不惜自降身价帮着吹捧，却对身边的朋友过于尖酸刻薄。正确的做法应该像个暖男一样嘱咐他们："多喝白开水可以保持呼吸道润湿，加速机体的新陈代谢。同时要保证充足睡眠，这有利于各种器官机能的恢复。"就算他们不幸暴毙了，镌刻的墓志铭绝不该是：跑2014北马的傻瓜，卒于2014年10月20日。而是：这个家伙一辈子是跑完的，而不是走完的。

不转那篇文章充其量证明我们是有人情味的，但如果不能正确认识那篇文章的流毒之处，那也只能证明我们的态度是伪善的。他们都是成年人，能够充分认识北京当时天气的恶劣程度，也知道在如此恶劣的环境下跑40多公里危害性有多大，他们边跑边在朋友圈晒图根本不是炫耀不是挑衅也不是什么革命浪漫主义情怀，因为他们即使喝碗豆汁也是要这么做的。不是有个大家耳熟能详的鸡汤吗？为什么要登山呢？因为山在那里啊！同理可证，他们为什么要跑呢？因为一年前吹下的牛皮就在那里！因为终点就在那里！因为奖金就在那里？那是不可能的，因为你不可能一夜变成肯尼亚人。

这种权衡利弊、知情明理，还能精心装扮自己的人不能算傻子，顶多算"轴"，"轴"不算毛病。冷静下来想想，他们戴着口罩跑马的图片新闻绝对应该得普利策奖，极具震撼力，讽刺与警示意义很大。难道去拍你们这些键盘侠在电脑前那种扭曲如便秘的脸吗？谁知道你们是不是在玩劲舞团啊！

那么问题来了：不跑北马的就不是傻子吗？我觉得目前在北京工作生活与特供无缘的都挺傻的。你别盯着你家净化器显示的漂亮数值就觉得好安全，就不说那数据假不假了，你不出门了吗？你不上班不走亲访友了吗？躲是躲不掉的。你不过选择在能力范围之内把伤害降到自认为的最低而已，还是有伤害。就好比你爸爱抽烟，你劝不动，说多买点九五之尊供给他，伤害能小点。说白了，我们就是把社会病转化成心理病，所有问题最终只要心里过得去就行了，这不就是鸵鸟思维吗？

我们都是环境的受害者，活得小心谨慎，看到别人偶尔的放纵就觉得是自暴自弃，他们不见得比我们死得快，至少像我这种香烟一根接一根，大门不出二门不迈，家里没有任何防护措施，出行也不戴口罩，懒得运动的自媒体人可能活不过他们。

傻子为难傻子顶多算不厚道，我们"不能选择不做傻子"才是最可悲的。不在北京工作生活不行吗？去东莞就不能做自媒体吗？去铁岭就不能玩O2O吗？去海南七星岭盖个房子天天在绿树掩映的林间小道奔跑不行吗？去劝政府大力治污不行吗？哪条都做不到，只能骂完跑北马的人是傻子，再为梁思成滴几滴泪之后上街继续吸霾。

写到这里，PM2.5指数已经到了314，严重污染。此时跑马的傻子、套马的汉子、不跑马的聪明人，为了不辜负这个时代在忙碌着。他们可能正聚在一个办公室里写着代码，可能为季度KPI（关键绩效指标）焦头烂额着，可能并排走在北京的大街上，可能端坐在咖啡馆吸着二手烟讨论几十亿的生意。血槽在消耗，理想在燃烧，朋友圈指点江山愤愤不平后，生活又在日复一日地继续着。

不要假装情感专家了

今天看了一篇文章叫《我们在粪便般的信息环境里生存》，读完我脸上红一阵白一阵的，这粪便里肯定有我拉的一份，很是惭愧。

这几天因为那件事[①]，信息环境就更臭了。其实事情本身足够狗血，孔子活到今天恐怕难免也得说上两句，咱们凡夫俗子在朋友圈里八卦一下，和朋友聊两句，没什么丢人的。但是，对公众传输的时候，作为一个体面的自媒体，就得多想想了。

写字的人最难的就是保持克制。今天，但凡你有点出息，就会赢得或多或少的拥趸，他们就成了你的选题老师，在后台跟翻牌似的，让你写这个、写那个的。你呢，就会有自个儿很重要的幻觉，感觉这事你要不出马的话，一来粉丝可能会饿死，二来人家婚可能离不成了。

---

① 那件事指王宝强妻子马蓉出轨宋喆事件。——编者注

但是，我劝你醒醒，问自己几个问题。首先，你对这事、这人了解多少。为什么最懂其中道道的黄晓明、黄海波、黄安没有表态，你离娱乐圈十万八千里，你没孙猴子的本事，你能看清什么？你写的那些充满臆测、阴谋的文字是不是粪便？和那个人关系最好的陈思诚说了一句话："有时，当我们不甚了解一件事情的原委时，切莫过早给它下一个定论。"听没听着？人家都好得穿一条丝袜了还如此谨慎，相比之下，你是不是太不克制了？

其次，再问问你自己，对这个事的评论，你能不能提供信息增量？也就是说，提供公众不知道的、独家的信息。坦白讲，绝大多数人没有，那么你所做的事，无非就是拉的粪便比别人的多了一种S形而已，没什么值得炫耀的，依然臭不可闻。而且，那种烂大街的价值观就不要再重复了。什么好聚好散，什么保护家人隐私。这有什么好说的呢？你站着说话不腰疼，信息披露越多，你越猴急越容易被打脸，你连自己的生活都掌控不了，如何支配、指点别人的生活？再有，明星主动自愿披露的个人隐私，没什么可保护的，那就是给你上的瓜，你欢腾吃完就是了。

最后，我想说，明星没有私生活，但毕竟这是私生活，总结出一万条真理都不能让千人千面的读者过好这一生，这就等于你写的东西没有价值，离他们太远了。有太多好的价值观、生活方式可以去传递了，为什么要去钻营一条八卦新闻呢？

以上的话，都是针对有能力做公众输出的自媒体人，而朋友圈、群聊那些私域里的表态没什么可指责的。没有一个粪坑是天上掉下来的，都是我们自己作的。向那些不为八卦所动，坚持传递志趣、价值观、美好生活方式的人致敬。

最后记住，这个社会就是这样的：开一家公司倒一家的人到处给人讲怎么培育一只独角兽，长得跟猪头似的到处教人当一名网红，女生手都没摸过的告诉你怎么经营婆媳关系，反倒是真正懂的人一直在自己没有触达的领域保持言论克制。

范雨素要吃口饭

范雨素大火，她展现出来的文字能力，被很多人褒奖为"祖师爷赏饭吃"，我觉得过誉了。因为一旦涉及"天赋"这个领域，评价的标尺就要严格起来。好比梅西因为有同侪不具备的、足球史上罕见的步频，我们才可以说他有"祖师爷赏饭吃的天赋"。而范雨素面世的两篇文章，我读完绝无拔群惊艳的感觉，不过中人之资罢了。

广为流传的《我是范雨素》一文，最令人拍案叫绝的是劈头一句"我的生命是一本不忍卒读的书，命运把我装订得极为拙劣"。坦白讲，这样的"比兴"笔法是高级的、吸引人的，但遗憾的是，类似技巧全文并不多见，更多是近乎口述体的白描。而"命运把我装订得极为拙劣"一句则是取材于席慕蓉的诗《青春（之一）》中的"遂翻开那发黄的扉页，命运将它装订得极为拙劣，含着泪，我一读再读"。这句引用彰显的仅仅是范雨素"发现美"的能力，如果依此判断她有不世出的才华，我认为起码对席慕蓉是不公平的。

除了"发现美"的能力外，范雨素最可贵的是对"美"有着罕见的自觉，譬如在她12岁少不更事时，就自作主张把"范菊人"这个名字换成了更具浪漫气息的"范雨素"。这种美学意义上的自觉与自省对文学创作是大有裨益的，她对文字是有敬畏之心的。反观现在很多自媒体人日夜写作却对粗鄙不自知，热衷粗话，笔下流淌的都是"人设"这种泛着工业气息的机械辞藻。

现在很难对范雨素能否走文学这条路下个定论。看了《农民大哥》《我是范雨素》两篇文章，我发现她更擅长描绘自己经历过的生活，她更擅长冷静剖析别人的命运，她更擅长组装碎片化的生活。假以时日，她很可能陷入自我复制的牢笼，因为我没看到她具备抽离自有生活再叙事的能力。也就是说，她用10万字把自己看到的、体悟到的写尽了，还能写什么呢？单一的生活、事业、视野维度必然会成为她文学创作的短板。

范雨素写自己的两个哥哥，写自己服务的富豪家庭，都非常冷峻，她能见城乡接合部的众生，唯独见不到自己。她对少小离家出走的描绘只是寥寥数笔，她对自己婚姻的描写也不过是"便和一个东北人结婚，草草地把自己嫁了"。我觉得，她内心还有很多苦不敢去触碰与挖掘；她更习惯站在外围观察别人，哪怕是有血缘关系的至亲；她冷冷地写，却不加入自己的评判；她过于封闭自己。因此我多少认为她还没找到更高的维度来审视时代与个人的命运，她笔下就是所见即所得。我更期待她流露出一些平视之外的俯视，把评判的权力交给我们殊为不妥，因为我们的视角早已被钢筋水泥固化了。

范雨素给我们的启发是，记录生活是一件美好的事，拿笔写字从来都不晚，文学创作有门槛，但时代给予了每一个人寻找到共鸣群体的机会。

但我仍然要说一句，人们对于范雨素的追捧还是建立在"龙虾吃多了乍见萝卜白菜"的心理基础上，人们冲动的褒奖与范雨素的"月嫂"标签是割裂不开的。在这个动辄就对小学生鸡汤金句堆砌式作文惊为天人的时代，在这个观点让位于情绪的时代，唯独缺少对文字本身的审慎评价，人们对文字的轻薄与轻薄的赞赏浑然一体。

《我是范雨素》一文散发着与命运和解的气息，范雨素寻求内心安宁的方式是去拥抱更弱小的人，这是一种宗教式的爱与救赎。我想，各方面观者也大松一口气吧，她没有让每个人背负道德的压力，没有指控阶层固化带来的命运选择，也没有强烈控诉教育不公、政府缺位。范雨素个体的生命宣言与时代的主旋律又紧密结合在了一起，不消数月，大家又心安理得，各安天命，偶尔喟叹下一个范雨素。

"北京工友之家"的许多网友在微博上说："刚在村里遇见这两天因文爆红的范雨素同志，她很烦恼地说，'当初投稿我只是想赚点稿费，现在这事闹这么大，要应付那么多人，该怎么办？'"

如果，这是范雨素的真实想法，那我真的为她高兴。什么"祖师爷赏饭吃啊"，谁能给范雨素一口饭吃才是最切实际的。外界把她解读为用文学升华生活的诗意，但对升斗小民来说，文学提升生活的质地才是最要紧的。范雨素有美的自觉，更有生活的自觉，那种不想被你们架到神坛上膜拜的劲儿，真酷。

范雨素的小女儿只能远赴河北上学，还有一些北京异乡人年复一年地选择去教育部呼吁开放异地高考，和解与不和解的生活都在真实地发生着。

老子玩知乎就是一把梭

最近知乎出了个神人叫"海贼-王路飞"。此人吸过毒，倒腾过军火，是万达的大股东，山东烟台的高考理科状元，沈阳断过腿，西伯利亚滑过雪。网友梳理了一下，路飞在知乎变换的身份多达244种。最终知乎站方以"伪造经历"为由封了飞哥的号，一段传奇就此落幕。

知乎标榜自己是"一个真实的网络问答社区"，初期确实做到了这点。但是随着注册用户达到6500万，"真实社区"难免变"秀场"，水花泛滥。早年玩过天涯社区的朋友都知道，一个ID叫"易烨卿"的人吹嘘自己是"四大世家"之一的"汝南周氏"，由此掀起了旷日持久的网络大战，最后甚至引起了《南方周末》的关注。还有"开法拉利的××"系列ID，发帖套路和"海贼-王路飞"如出一辙，天马行空，也算当年一景。

"海贼-王路飞"的出现正是知乎"精英社区"招牌塌落的象

征，那里曾经贩卖的是"中产阶层梦想"，现在则是网友体验角色扮演的小舞台。

我倒是对知乎"真实经历"的要求不以为然。因为最终你打的是"穿帮的假"，漠视的是"普遍的假"，最终大家比拼的是演技。写一个故事来回答一个问题，没什么不好的，可能还会更动人，更通俗易懂。现在的知乎，在朝更高估值狂奔的路上，变得和业已凋零的天涯社区越来越像。宿命乎？

"知乎，一个真实的网络问答社区。"

哈哈哈，真实？哈哈哈，好傻呀！我叫海贼－王路飞，老子玩知乎就是一把梭。

你想想人生经历丰富，又愿意传道解惑的人，哪个没有正事？谁会跑知乎去答题？现在稍微有点能力的人随便在微博、分答上答几个问题都能赚点钱，跑知乎免费输出？都是属雷锋的啊？咱们这些在别地儿没混出名堂的人，在知乎不就得靠强撸、强编吸引人嘛。再说了，现在混知乎的小学生很多，多么庞大的收税市场啊。

玩成像飞哥这样的知乎大V，首先就得忘我。我是谁？在没有答题之前，我就是一张白纸；在没有剧情之前，我就是一摊肉泥。混知乎一年，你会觉得北影的艺考太幼稚了；混知乎两年，你就会觉得金鸡金马都是渣；混知乎三年，陈道明看你的眼神都不对劲了。

励志题里，我就是一个梳着麻花辫，穿着麻布衣，自幼患有小儿麻痹症，被男友抛弃，去国外留学备受歧视，归国后开了个花店，病情越发严重，知友纷纷解囊相助的柔弱励志女神。

炫富题里，我就是一个在地震局上班六个月，女儿在天津读大四，57岁，成功人士，银行存款8个亿，拥有万达44%股份的土豪。

人生传奇题里，我就是一个高中毕业在皮革厂上班，遇到厂长17岁的妹妹，春心萌动，奋发图强做到了车间主任，顺风顺水结婚创业，岳父给了10亿拿去玩，30岁方知另有真爱，放弃江山美人和小姨子远走高飞，跑到湖南创业，酒驾被判7年。

想成为大V忘我还不够，还得忘亲。心中无亲，天下皆亲。朋友是个万能筐，啥都可以往里装。洛阳亲友如相问，我曾经有一个朋友；病树前头万木春，我曾经有一个朋友；不孕不育啥体验，我曾经有一个朋友；中年失业怎么办，我曾经有一个朋友。

忘我、忘亲就可以大V了吧？不。大V还得抱团。建个群，万赞以下禁入，面斥不雅。你给我点赞，我给你抬轿，咱们互捧够友，共同征收智商税。

那怎么赚钱呢？危机公关我当先，一赞即可乱视线，烂片强说好，那人真不孬，干货里面掺沙子，中华洗地我最强。

接个电话。

"喂，小王啊，又有活了啊？百度的帖子啊？哎呀，现在在知乎可不敢给百度的帖子点赞啊，容易粉转路啊。李彦宏指定我点赞也不行啊。不好意思啊。"

看着没，熠熠生辉的大V节操。作为杀手，啊，不，作为大V，也不是给钱啥活都干的。

又来一个电话。

"喂，张助理啊，咋回事？知乎凭啥封我号啊？因为我写的内容属于伪造经历？"

天大的笑话啊！知乎现在四处常青藤，随手985，年薪百万遍地走。你要真实，那你让吹牛皮的各位拿出毕业证、学位证、离婚证、工资条，答案发送之前必须接受测谎仪检验。匿名黑子你不管，尽拿我们这些编剧开刀，合适吗？我和很多人的区别就在于：我是在玩知乎，很多人是被知乎玩。

最后送你们站方一句话：知乎，与世界分享你刚编的经历。

大张伟凭什么瞧不起汪峰

大张伟最近屡屡成为话题人物，一个音乐人再次走红，不是因为作品，而是得益于段子，这多少有点尴尬。如果是在一个综艺舞台成熟、综艺氛围浓厚的环境下，譬如在台湾，大张伟那样的舞台表现，随便一个搞笑咖都能分分钟将其秒杀，可见我们活在拘谨、严肃的样板间里太久了，这又是一种尴尬。

大张伟用了十八年才明白，搞笑艺人的身份更让他如鱼得水。而我们也活了这么久才明白，原来一个人只要正常表达就能轻易俘虏一票粉丝。譬如他吐槽汪峰、许巍，毫不客气，他吐槽音乐圈也是不留情面。我们当中国人当久了，明白的道理都是：别点评同行，别作贱圈子，别红脸，要和气生财。在我看来，这些都是不正常的、虚伪的、中庸的、骑墙的规则，所以偶尔出来一个不拿这些规则当回事的人，大家就齐呼：耿直、纯爷们、性情中人。这种人在一个自由、文化多元、观点独立的社会就不会受到热议。人家那边都开"吐槽大会"猛喷总统和总统候选人了，咱们这儿的艺人还拿互喷当真性情呢，显得特别小儿科。

大张伟说："汪峰都快五十了，还迷茫呢，迷茫什么呢？"这个吐槽，被很多人转到朋友圈，大为欣赏。一个靠借鉴、拼盘凑出《穷开心》和《嘻唰唰》的人，居然不理解同样是消费大众情绪的商业歌手，这就搞得我有点迷茫了。

如果非得让我给他们打分的话，显然汪峰会更高一些。汪峰是一个在摇滚、流行、主旋律三种文化中周旋的人，他能把《飞得更高》变成房产中介公司的司歌，也能在《贫瘠之歌》中唱道："排行榜散发着虚无中产的彷徨""佛陀和皮条客共享着皮质迈巴赫""沸腾的微信群散发着福尔马林"，透着一种对流行文化、消费主义的尖锐讽刺。

所以汪峰内里还是有批判的气质，即使他在拥有中产阶层的身份和周旋名利场的日常之下，还是能零星迸发出对社会、人性、未来的思考。一个搞摇滚出身的人，能俗到哪里去呢？

大张伟对"汪峰式迷茫"的不理解，实则是矛盾的。他在访谈中说自己频繁出现在综艺节目里是为了攒钱搞音乐，我姑且认为他在欢脱的躯壳下还有一种对艺术的坚持。同样的推导逻辑，我们为什么不能理解一个被狗仔追逐的皮裤歌手偶尔思考一下人生呢？

大张伟的批判逻辑很有市场，因为这种思路，和很多有"反智倾向"的人如出一辙。譬如《××时报》会说，咱们中国人民多幸福啊，抱怨个什么劲呢？譬如你有房有车、衣食无忧，对城管欺负小贩的事，激动个什么劲呢？譬如你都买地摊货，海淘不起，对海关扣税的事，咋呼个什么劲呢？这就是"精致的利己主义者"，他们不明白什么叫同理心，认为你跨越了一个阶层，那么替不一样的阶层发声就是可疑的、虚无的。他们对富人的关怀、强者的情怀、知识分子的发声等等种种的不理解，足证内心的虚弱，以及对公众利益的短视。

很多国人都是善于遗忘的，很容易拥抱欢脱的内容产物，因为它不仅抚慰情绪，还能麻痹人对残酷生活的感知，在极其欢快的旋律中觉得：穷开心就好，嘻唰唰就行，迷茫与困惑那是吃饱了撑的。

我们也很容易因为一篇人物报道就改变对一个人的看法，殊不知那也是一种表演。记者没有扭转你三观的义务，他只是尽量呈现这一切，是你没有脑，所以你容易被操控。在我的判断体系里，你作为一个音乐人，你没有好作品，你还有剽窃史，这就是我想了解的一个艺人的全部，这种认知是无论如何不会被歌手作品之外的眼泪、情操、敢言所推翻的。

当我国艺人发现，在铜版纸上表演，在微博上自黑，在节目中搞笑，在真人秀中虚情假意，收获的掌声、关注度越多，他们就离打磨作品的初心越远，一头扎进你们需要的浅薄中。

讲道理

请警惕时代
的病症

陈光标是骗子不可怕

知道禹晋永的人，再年轻也快30岁了吧。在2010年微博最火的年头，禹晋永可是贡献了源源不断的话题。这人浑身都是戏，譬如文凭是子虚乌有的"西太平洋大学"，号称的慈善捐助无一落实，给山东梁山县画了10亿元大饼意图套取土地，虚构招标事实诈骗52万元。后来，法庭伏魔降妖，给他判了11年。掐指一算，这位伪海归、伪慈善家、伪企业家、"真爱国者"还有好几年牢饭要吃。

这样的骗子到处都是，陈光标玩得比禹晋永大，戏路也宽。禹晋永在微博上"朗朗吹牛皮"（东北话，比喻大话说得豪迈、自然）的年代，陈光标已经是"五一劳动奖章"获得者了。禹进去那年，人家陈光标都在《纽约时报》登广告宣示钓鱼岛主权了。标哥左手慈善、右手爱国，这是有司（官员）最喜欢的企业家模板。

有人说是微博害了禹晋永。他们认为啊，你在四、五线城市骗完东家坑西家，闷声发大财也就算了，居然跑到微博上和一帮公知掐架。那时候公知战斗力正猛着呢，你不死也得掉层皮，那点料人家一挖你就塌方。

我觉得戏子栽了，不能怨微博，捧你的爷还在否才是最重要的。陈光标做好事不留名，全写微博里了，坐挖土机上是一种姿势，撒币成兵是另一个pose，花样比中国花卉还多。微博死去活来这么些年，唯有标哥的主旋律从不跑调。

但是爷不在了，标哥这样的老戏骨也就快息影了。今天财新、网易等媒体密集起底陈光标，文章很长，说的也不是帝王将相、德纲宝强，你们肯定不爱看，我给总结一下歌词大意就是：伪造公章私授慈善之名，裹挟领导行骗中饱私囊，捐资助学实为空头支票，切胃减肥假托生物疗法，勾结贪官互捧够友。

前四桩事不新鲜，最后一件最致命。你瞧瞧他攀上的关系都是大老虎，是《人民日报》认为该"政道去邪"的人。报道称，陈光标最成功的"慈善一战"汶川行就是×××授意安排的。

所以标哥高调不在于他经得起质疑。2011年《中国经营报》就开始着手调查陈光标，刊发了报道《中国首善陈光标之谜》，后来不了了之。而且报道出来后，《中国经营报》记者叶文添、《财新周刊》记者赵何娟都收到了死亡威胁和尸体照片，及水军刷页的骂娘。

2014年，时任《中国经营报》主任编辑的李宾回忆道："由于当时受到外部的压力，这一事件被有意大事化小，我们很多后续的调查没有呈现出来，这让我感到十分遗憾。"

是谁有魔力让"大事化小"？是谁能让记者"引而不发"？

反过来，细细研读今天密集的起底报道，有些调查甚至是数年前就展开了，有些材料甚至有点陈旧，今日端出来，说明到了揭锅盖的时候了，树倒了，扫叶子了。

可以再进一步合理推测：爷在的时候，这个报道是害爷；爷进去了，这个报道就是爷的案宗里"来新人"了。

所以被陈光标骗了八年并不可怕，因为难免的，被谁骗不是骗。可怕的是，真相可被调节，公共利益可被隐藏。

我以"陈光标"为关键词搜索朋友圈，看到那些过往人们对他的阿谀逢迎，心底一阵发凉。微博上有个网友的留言颇具代表性："人家也是真捐出去啊，只是想出点名，比起国内好多企业一毛不拔好多了！"

人们往往就是在乎结果，却忘了任何超越你想象力的结果都会被包装出来，让你热泪盈眶。康德说："一个行为的道德性不取决于它的结果，而仅仅取决于该行为背后的意图。"

陈光标的意图呢？他曾对外称："我是中华慈善总会副会长，相当于部级干部。"可惜，这个章他不敢刻，这个"部级干部"又能走多远呢？今天的密集报道还会继续深入下去吗？我不知道陈光标的底牌，亦不知道是不是还有捧他的爷在。我们这儿经常反转，那个就快被写进局子里的贾跃亭，渡尽劫波，正甩开膀子和乔布斯天人交战哩。

捍卫民众的疫苗恐慌权

疫苗事件，短短一个上午时间，舆论就快速进行了一轮反转，我自己也有点迷茫了，在疫苗事件上的科学素养，我和绝大多数人一样现学现补现卖。

不过，我今天想站在不一样的角度说几句。我目前觉得民众没有制造恐慌，是真相缺失制造了恐慌。民众的恐慌不是没来由的，不是孤立的，相差三年的疫苗事件确有共通的关联。我不是说消弭民众的恐慌就一定没有意义，而是我认为自媒体人透过恐慌的表象把民众对威权的不信任提炼出来更具有警示意义，这也是"言者"的本能，远比踩踏弱小的民众要有价值。

我查了一下，2010年著名调查记者王克勤就有关于疫苗乱象的深度调查，2013年南都又出了一篇，今天广为传播的文章只是其中的一个片段。六年之久，人们还在为疫苗恐慌，这是谁之过？六年前我们还有与社会民生、公民健康息息相关的深度调查，可到了现在我们只能从新华社通稿中一窥端倪，当民众的不信任情绪弥漫到一个峰值时，这个事件会不会被刻意压制？根据以往的经验，这是有很大可能发生的。

六年前的报道并没有推动有关部门的大力整治，舆论与官方的互动是失效的，媒体的监督是打在棉花上的。当下爆出的失效疫苗事件与六年前的疫苗乱象共同指向了一个问题：我们的监管去哪了？一则旧闻实则是让烂尾楼重新曝光，烂尾楼还在，新的烂尾楼又起来了。要知道疫苗不良反应的善后工作，本来就很差很差。而且那则旧闻里指出的"疫苗从立项到生产仓促上马"的问题，解决了吗？

此外，民众的恐慌就是对公权系统彻头彻尾的不信任，是恶猜公权的进一步体现。我们接种过的疫苗到底有没有问题？大医院的疫苗就安全吗？山东母女看似微小的力量如何操纵上亿元的非法生意？背后有没有保护伞？全国还有多少类似的案例被掩盖着？那些所谓疫苗引发的在科学伦理范围内的不良反应有没有可能是编造的，其实压根就是劣质疫苗引发的？

民众的恐慌来源于三鹿，虽然被解决了，但新的三鹿起来了；民众的恐慌来源于水的污染、空气的污染、餐桌的污染直至药品的污染共同构成的没有安全感的生活；民众的恐慌是因为真相的缺失，而真相往往是被控制的，是一种被需要的真相。

理智的人劝大家相信科学，这让我想起20世纪90年代苏联解体后，著名物理学家卡皮扎说的一段话："那里实施的，是整个社会生活都被控制，全部智力、艺术、精神活动都被领导的一种制度。"如果科学是服务于政治的，如果只能有一种被需要的科学，如果科学成为掩盖过失的借口，那么民众如何相信科学呢？科学的狭隘性在于它能解释人们对于未知事物和现象的迷惘，但不能解释作恶者的利欲熏心和好大喜功者的功利心。

可以想见的是，零容忍表态出炉，处理几个药贩子，下台几个官员，专家再出来辟谣一下，一套充满熟悉味道的组合拳打出来，风波过去了，人民也忘记生气了，皆大欢喜。这难道不是这片土地反复上演的轮回故事？

"再也不打疫苗了"，这显然是民众的气话，因为他们最终发现自己只能跟自己置气。这句话多么悲凉啊，这是对当下境况多么凄厉的控诉啊，我惹不起我还躲不起吗？！疫苗当然能打、必须打，但你也只能祈祷好运。

2017年的关键词是"停"

最近午饭总吃得不好，因为少了一道绝好的佐料——《锵锵三人行》。

一瓶啤酒，一碟猪耳朵，听着窦文涛、梁文道、许子东扯东扯西，竟成了生活日常。

《锵锵三人行》停播了，准确地说是"猝死"。9月8日还更新来着，毫无征兆地就停。19年漫长陪伴，停播原因却寥寥28个字："因公司节目调整，锵锵暂时停播，感谢大家多年厚爱，后会有期。"

"后会有期"太乐观了吧，我看是"遥遥无期"。有些人本身是不想赚钱的，譬如窦文涛，给人主持个婚礼都嫌腺得慌，领个嘉宾酬劳，回到家得难过半天。现在好了，别把铺满金子的世界让给高晓松们，去分一杯羹啊。还有一些记者，"深度调查"不让做了，好吧，去BAT或少壮派创业公司做市场公关，财富大门嘎吱一声打开了。

把有理想的人变成有钱人，把不想赚钱的人往财富自由的方向推，你说这是最好的时代还是最坏的时代呢？

2017年的关键词如果让我推荐一个的话，非"停"字莫属。不独《锵锵三人行》，《金星秀》《极限挑战》等综艺节目也停了。我现在打开电视，各大卫视都在做"国学"节目，我有点怀疑中国会背诵唐诗三百首的人都不够用了。"限娱令"的风越刮越猛，以后赚大钱的未必是艺人，反而是蒙曼、康正、纪连海这些"学术明星"。

有人说《锵锵三人行》停了，《中国有嘻哈》反而火了，这是什么道理？我来告诉你们吧：斥鸡骂狗的说唱是另一种形式的民间小调，反映的是人民内部的小生活，既不监督公权力，diss（disrespect，不尊重）不到上大夫，几个二五仔跟对山歌一样，互喷去吧，懒得管了。到时候，这些饶舌歌手也是要表态的。

说到"停"，薛之谦那些像吃了巴豆一样狂泻不止的烂糟事什么时候能停？我看快了，因为快"开会"了，届时中国不允许有这么牛的热点存在。所以我在这里奉劝各位自媒体同行，打一竿子，收获点流量就撤吧，切莫重蹈几个月前八卦号覆灭的覆辙。

当然除了"开会"能让明星丑事叫停，还有一种可能，那就是央媒举起千钧棒。王宝强犯事的时候，新华社就出来讲话了："有的明星靠炒作家丑扩大社会影响，令人不齿。"大哥说话就是好使，比成龙好使，王宝强之后稳如哈士奇，不再搅和了。

央媒就是牛。《王者荣耀》再牛，人民网一套技能交出去，腾讯水晶遭到攻击，大boss马化腾立马上门拜访。今日头条也牛吧？但是人民网一套技能交出去，啪啪啪，"三评今日头条"，今日头条一阵眩晕过后，老老实实承认机器算法确实有很大改进的空间。厉害了，集齐10万个自媒体都做不到让他们承认这个结论，人民网做到了。

大家怕"停"嘛。

说到"停"，昨天我大姨哥跟我说了个烦心事。我大姨哥不是一般人，深圳刚开放的时候，他是第一批淘金者，吃过苦，受过累，最终身价不菲。我说你吃穿不愁，有啥烦心的？

事情是这样的。他是做展架、框架生意的，大家在街边、商场看到的灯箱、指示牌，这些活儿，他都做。现在环保高压态势下，上游供应商被勒令停产，"现在有钱买不到原材料了"。

好吧，即使你确实能呼吸到较好的空气了，但如果这一切都建立在"停"之上，建立在"一刀切""全部关停"了事上，你生活上其他的不便利，大抵和呼吸脏空气也差不多了吧。治污嘛，"治"体现在哪呢？

太多事可以"停"了，太多事等着"宣判"，但有些东西是"根本停不下来的"，譬如人们对多元文化的渴望，人们对看什么不看什么的选择权的渴望。

他应该在医院却跑出来砍头

　　不管从哪个角度讲，武汉火车站砍头事件都令人不安。此事发生在周末，我是一贯停更休息的，这也让我感到一丝庆幸，因为第一时间评论肯定会漏掉随后官方披露的一个重要事实——犯罪嫌疑人有二级精神残疾。

　　枉顾这个事实做出的评论，如你们所见，要么是劝你待人接物要和气的鸡汤，要么是教你认怂保命的求生大法。你赶紧转发到朋友圈，像是求得了保佑一生平安的锦鲤。坦白讲，这样的文章每天都能找到一则中国社会新闻来对应，劝你不要有戾气的自媒体，第二天就教育你怼傻瓜、骂傻瓜了，你要是被傻瓜砍了，他们再把鸡汤热热还卖你。

　　之所以能把一件残酷的事变成道理兜售，说明我们还远未认识到真正的残酷。真正的残酷是病入肌理，束手无策，只能看着更坏的事接连发生。行凶者，胡某，二级精神残疾患者，是该类别中的次危险等级，医学解释中有一条描述是：基本不与人交往，大部分生活不能自理，仍需他人照料。

看起来和大部分宅属性自媒体人的精神状况很像，但是精神残疾患者易怒，受到刺激后有较强的攻击性。胡某需要的是长期治疗与看护，然而这位被母亲称为"脑子不好使"的儿子已经有六年打工史，常年漂泊在外。这等同于把隐患抛向了社会，直到武汉火车站发生了骇人一幕。

据中国精神残疾人及亲友会主席闫振华介绍，许多城市家庭连精神残疾人日常服药的费用都承担不起。显然，来自达州龙虎村贫困的胡家也无法承担儿子昂贵的治疗费用。甚至，这个儿子还得作为生产力成为家里的顶梁柱，完成生活上的自救。同样，这个儿子必须像正常人一样走出大山去打工，以打消邻里"胡家那个儿子脑壳有问题"的歧视。另外，这个儿子发病时曾打伤父亲导致其躺了好几个月，父权威仪荡然无存，伦理压制已失效，用铁链拴住有违人伦，这个火药桶得搬离这个家。

还有多少胡某隐藏在你我身边？我找来了一组数据。

全国严重精神障碍患者人数超过1600万，10%的人有潜在肇事肇祸倾向，可只有2%的人能吃药治疗，住院治疗人数不超过10%。我国精神卫生的床位和医务人员资源只相当于世界平均水平的四分之一，每万人口的精神科医生的数量即便在发展中国家也是偏少的。中国精神病患者每年造成的严重肇事案件超过万起。为此，2016年公安部发布了《强制医疗所条例》，进一步规范了对肇事肇祸精神病人的管理制度。

按理，胡某应该接受专业的、强制性的治疗。然而事实很残酷。以免费投药为例，90%的药是便宜药品，副作用大、并发症多，发下去了，病人也不吃。贵的药且需终身服用，如果没有财政支持的话，一般家庭又恐难持续。

专项预算不足、医护条件缺乏、统计筛查困难、监护人脱责，诸多原因叠加，类似武汉火车站杀人事件就不能视为简单的人际关系冲突，这背后是一个失序的社会管理问题。严重到"白刃割颅"自然会成为街头巷尾的谈资，但老百姓更常见的是精神残疾患者的扰民治安案件，谁长这么大没见过几个"武疯子"呢？砸车、烧谷堆、吐你一脸。可以预见的是，未来九成"散养"的精神病患将会是社会一个持续沉重的包袱。

可惜，毫无爆点的事件并不能成为舆论的宠儿，然而骇人的事件发生后，我们谈论的方式又陷入"人际关系处理"的低级层面。为了社会公共安全，为了不再破碎的家庭，我们必须呼吁有关部门正视1600万严重精神障碍患者群体的安放，这就是与下一个骇人事件进行赛跑。

更可怖的是，统计数据只能显示登记在册的患者，还有很大一部分群体因怕歧视、怕就业障碍，隐瞒了病情。另外，除了原生性精神障碍，现在的社会压力及急功近利的价值取向，使很多人的心理处于亚健康状态，而这里有大部分人是不自知的。

有过精神病院实习经验的英国女作家珍妮特·温特森说过这样一句话："我们目前所处的世界诱发人们的心理疾病，人们越来越疯狂，在大街上看到的有些言行其实跟在精神病院看到的差不多。"

凭本事追星凭什么挨骂?

前两天,明星袁成杰在微博上晒了一张在机场请粉丝吃饭的照片,估计是想展示自己的亲民形象,再发个通稿宣传一下,还不美滋滋的?结果,尴尬了,其中一个女粉丝的身份被网友踢爆,她是一个专门蹲机场等明星求拍照索签名,早已成为各大饭圈黑名单上"头号通缉对象"的"虹桥一姐"。

很多网友就炸锅了,觉得这女的又黑又丑,总是蹭在明星旁边,恶心极了。而且看起来"虹桥一姐"有星就是娘,是个星就追,连艾克里里这些网红都不放过。网友再深入扒一下,原来她专靠兜售明星签名照赚钱。这下好了,网友认为这个人不仅面目丑陋,生存方式也很偏门,简直像泥鳅、寄生虫一般的存在。

追星族在很多人眼里就算是脑残,万万没想到脑残圈也有自己的鄙视链。要我说,在明星眼里,其实讥笑"虹桥一姐"的你,和"虹桥一姐"相比,都是一样的。明星就是需要你的追捧、你的崇拜，你能提供这个就够了，明星分辨不出来你接机和"虹桥一姐"接机有什么区别。哪怕人是雇来的，戏做了全套就好。

而这个"虹桥一姐"，本领说起来比你大多了。女明星越长越像，有时候连整形科的主任医师都搞不清，但"虹桥一姐"就能分个水落石出，你能做到吗？这背后就是格拉德维尔在《异类》中提出的1万小时概念：1万小时的锤炼是任何人从平凡变成世界级大师的必要条件。

"虹桥一姐"本事可不止这些，她消息灵通，行动快准狠，并且以此谋生。那你平时舔屏，买点炸鸡、洗发水等爱豆代言产品，在微博上跟黑粉对撕，这些行为，又比"虹桥一姐"高明多少呢？

追星还要分三六九等的话，"虹桥一姐"单在"自力更生"这一点上，就比你强了。人家追星、挣钱两不误，还把明星感动得嗷嗷地发微博，你呢？只能在下面手一哆嗦点个赞。你有人家的信息获取、整理、整合能力吗？你能想到通过"信息差"牟利吗？恐怕你连Excel表格都不会做吧？

有人说她初中辍学，这个年纪应该去找个工作，而不是去疯狂追星。我最讨厌这种给别人设定人生的人了，成熟的人就是不劝小姐从良，不给乞丐打鸡血，尊重别人的自由选择。况且，"虹桥一姐"都18岁了，成年了，人家父亲是支持她追星的，你还有什么可说的？

现在"虹桥一姐"正在遭受一轮凶猛的舆论暴力，很多网友人肉她，把她做成表情包，甚至还有人发私信对她进行人身威胁。我承认，"虹桥一姐"的举动不符合我们社会常规设定的三观，做的事也不能为大多数人所理解。但是，"虹桥一姐"不是一个公众人物，她也不具备影响社会主流价值观的能力，刁懒馋滑是一个个体的选择，追星也是一种个体的选择，我们应该包容这种选择的存在，而不是以自己的道德安全感和优越感来发动舆论暴力，压制别人的生活选择。

我们这个社会缺乏嘲讽强者的途径和土壤，有的却是满满讥笑弱者的劲头，往往呈现一种"弱鸡互啄"的景象。

香港有个传奇人物叫曾灶财，老头每天做的事就是到九龙街头掏出塑料袋里的毛笔，蘸上墨汁开始涂鸦，51年来一遍一遍写着自己是九龙国皇。这在我们看来不就是神经病吗？但黄家驹为他写了首《命运是你家》，王天林（王晶之父）为他拍了《流氓皇帝》，刘霜阳为他办了书法展，他的故事登上了美国《时代》周刊，最后变成香港人的共同记忆。

相比之下，咱们给"虹桥一姐"做表情包的做法太 low，应该给她拍个大电影，名字就叫"虹桥皇后"。

姑娘，请警惕创业者的拉链

阿表定义与读者之间的关系就是：平等、友爱。三表龙门阵不负责传递正能量，只求嬉笑怒骂间保有正确三观。所以很多朋友信任我，关于工作、爱情、生活上的问题愿意私下和我讨论。当然关于编程等技术方面的，我只能说一句：无可奉告，出门左转找池建强。

人生导师、情感专家的面孔是可怖的，我不太喜欢推送情感、人生问答类的内容。消费别人的难题建立起自己光荣而正确的智者形象很无聊，你因此获得的赞赏、声誉有分给他们吗？他们难道不是你内容创作的参与者、一部分吗？

除非，这个事不说出来会有更多人上当。下面就有这么一桩事。

前一阵有个姑娘遇到了情感问题，在微信上问我怎么办。事情是这样的（为了保护当事人隐私，略去关键信息）：她在微信上认识了一个男朋友，交往五个月了。男的比她大6岁，名牌大学毕业，是南方某大城市的一个创业者、CEO，演讲视频、资料在百度上还能搜到（女孩认为这是成功人士的标准之一）。双方异地，见过两次面。第一次见面，百般好，各种和谐，双方海誓山盟，不眠不休。越过道德的边境，走过爱的禁区后，男生就对她不热乎了，以至第二次见面是女生百般央求后单刀赴会的。然后就没有然后了，男生一周就给她发一两个字，总是显得比总理还忙，私生活比大老虎还乱，"总和别的姑娘说暧昧的话"。她说这个男生喜欢美女，她要为他整容。

问题来了，她说："我该怎么办？是继续喜欢他还是放弃！"

我说这人是骗子，她说："不是骗子，只是玩我而已。"

阿表真是老了，已经分不清"骗子"和"玩我"的区别了。小红帽不是说了吗："骗我、玩我，一百块钱都不给我！"

"骗"和"玩"乃一奶同胞。当然从逻辑上来讲"玩"推导不出"骗"。"一夜情"不就是"玩"嘛，但那是建立在双方各自让度、放弃责任之后的交合啊，共同的目的是"爽"，不是"爱"。你们想的是"日日夜夜"，但事实是"一日一夜"，可不就是"骗"嘛！

我想说的是什么呢？现在创业CEO多如牛毛，我踢场球，队员全是CEO，和韩剧里的高富帅差距很大。女孩子不要有过多的幻想，被他们"颠覆世界"的梦想颠覆了你的三观，被他们"改变世界"的谈资改变了你的底线。

以前我们认为这个圈子是创业狗和投资狗互相配合骗下一个投资狗，现在看来创业狗和投资狗的触角已经伸向了涉世未深的少女了，这太可怕了！死了一个O2O公司不要紧，天天都在死，但摧残了一个女孩的青春就太坏了。

当然，一个能为相处五个月只见两次面的"准男友"整容的女孩也是脑洞太大了，我有理由怀疑这个男主人公就是做整容O2O的。还谈恋爱！一看就是不靠谱、不正派的选手啊！怎么没人找阿表做这种事呢？阿表不是CEO吗？那是因为阿表的三观比阅兵的队列还直。

百度百科自己可以建的，百度视频你上传了就有可能被检索到的，百度新闻你花点心思可以上的，名片上你写自己是总统也是可以的。姑娘你太缺乏常识，地球太危险。

当然了，以上一切都没有注水，也不能证明对方不是衣冠禽兽。开宝马就是好人吗？有钱就不能住安贞北里吗？常识缺乏可以补，价值观崩坏可咋整？

我要对我的女读者说：现在很多微商大佬、创业CEO、小投资人，思维活得很，嘴上都抹了猪油，不要上当受骗，迷失自己，甚至轻许一世的承诺。多读点书，长长见识，是人是狗要分清。

不要用"谁没爱过几个人渣"来安慰自己，看走眼就是看走眼；不要用人生就该饱览别样风景来激荡自己，弯路少走一点是一点；不要用那画面太美来松动自己的底线。

老流氓的规矩

　　猴年春晚的节目在做最后筛选，我个人是没什么兴趣去关心，搞得太在意，就显得咱特没正事。不过今天网传六小龄童的一个节目被毙了，很多朋友就不高兴了，"央视怎么这么不地道呢？猴年怎么能没有美猴王呢？"

　　这些朋友的心情我可以理解，但其中的逻辑我看大有问题。决定一个节目能不能上春晚的因素，最重要的就是节目本身的质量，当然还有一些政治因素的考量。如果六小龄童的节目达不到春晚导演组的标准，上不去不是很正常的事吗？名气大如潘长江、常客如巩汉林也有节目临上台被毙的遭遇。

　　有人说民意要求六小龄童必须上，但33年春晚，哪个节目是由广泛的民意推选上去的呢？退一步讲，真让观众投票决定的话，春晚很可能会变成一台小鲜肉春晚，吴亦凡下去，李易峰上来，很多中老年观众又会不乐意了。

如果说逻辑简单到：因为六小龄童是中国人最为熟知的扮演猴子的代表，那么猪年，马德华没上你们怎么不生气呢？蛇年，白素贞没上你们怎么不生气呢？鼠年，舒克与贝塔没上你们怎么不生气呢？狗年，产品狗没上你们怎么不生气呢？

饶是六小龄童在很多观众印象里已是"猴"的化身、"情怀"的寄托，但这些因素只能是他上春晚的充分条件，还需要一些"节目质量过硬、趣味与审美兼具"等必要条件。

尴尬的是，与很多朋友聊起这个话题时，总是陷入你谈节目本身他扯情怀，你扯情怀他又聊节目本身，中国舆论场很多争议就源于类似的分歧。所以啊，可以有情绪，但更得讲道理。

我今天还想说一个在知乎上看到的事。说一对住在五楼的老头老太太蛮横要求住在二楼的住户和他们换房，说是"年纪大了，爬楼费劲，你们年轻人该尊老爱幼，再说房子都是三室一厅，户型也不吃亏"。二楼的人当然不乐意了。老头老太就变着法子上门去闹，又是泼粪又是撒尿。年轻人打也不是骂也不是，只能报警，但警察就是调解调解，于事无补。

这让我想到什么呢？《老炮儿》里提到的"规矩"，有人说我们这个时代规矩都乱了，但我认为规矩通常不靠谱，容易墨守成规显得迂腐，容易逾越法制，容易陷入道德绑架，容易滋生倚老卖老，容易保护所谓弱者的利益。契约社会，咱更应该讲规则。尊老爱幼是规矩吧，你年轻人照顾老人换个房就遵守了这种规矩啊。但是"规则"是：双方友好协商是基础，过户费和各种税是程序正义，想换房花钱找中介接洽这是正当途径。

现在这样的老流氓层出不穷。他们觉得自己的诉求合理、理直气壮，通常是因为他们心里有一套规矩，这种规矩往往是保护了自己，践踏了别人的利益和自由。上面提到的那个老流氓在本可按商业规则处理事情的时候却搬出了"尊老爱幼"的规矩，无非是想省去程序上的麻烦及金钱上的支出，同时站在道德高地，把无理要求包裹上一层正义的外衣。

快过年了，每个人回到家乡，也回到了各种规矩之中。譬如提酒就得干了，譬如男大当婚女大当嫁，譬如孩子还小你不能让着点吗。

唉，你就受着吧。

老男人的癖好

　　知名网络评论人五岳散人最近在微博上发了一段话，其中有一句："作为一个有点儿阅历、有点儿经济基础的老男人，对于我们这种人来说，除非是不想，否则真心没啥泡不上的普通漂亮妞儿，或者说睡上也行。"

　　这话捅了马蜂窝，惹得女权主义者十分不快。有人说："五岳散人，你也不是梁朝伟，长这么丑，哪个姑娘睡得下去啊？"

　　我倒不会因为五岳散人长得丑就怀疑他泡妞的能力。你想想之前社会新闻里爆出的，同时交往七八个女友的小伙子，哪个是帅到人神共愤了？帅如吴亦凡，不也是使出吃奶劲儿，软磨硬泡，小嘴像抹了蜜一样吗？

　　但有一点没错，那就是"丑人多作怪"，缺什么就爱炫耀什么。譬如自媒体，缺广告，那就炫耀自己是洁身自好。社会有个共识：丑的老男人不具备先天优势，在猎艳之旅中处于下风；

帅的人，招蜂惹蝶，桃花奇旺。所以丑的男人在积攒一定的社会资源后，会炫耀自己的泡妞能力，以图戳穿世俗的偏见。帅的人，反而很少这样，就像梅西进了个球，他会觉得是分内的事，不足以拿出来说。

很多女权主义者用各种角度、体位，心理学的、社会学的，方方面面试图证明"五岳散人是在吹牛皮，咱们女的不那样"。这挺没劲的，又不是盲吃阳澄湖大闸蟹，说你组织十来个"普通漂亮妞"让五岳散人对着优酷的镜头挨个泡，最后非得出个结论。

五岳散人可能有成功的实战经验，毕竟男女一拍即合之事，有时候就是吊诡得超出你的想象。你情我愿的事，干吗要符合你的想象呢？问题是，个案的成功导不出普遍的结论，用个体的方法论来藐视整个性别群体，属于低智、自大。

所以五岳散人是否吹牛不重要，重要的是他在哪儿吹牛。中老年男人，一杯黄汤下肚，左手摩挲串子，右手搓脖子上的老油，从少年顶风尿三丈讲到壮年万花丛中百人斩，都是我国酒桌上的经典保留曲目，看上去挺不体面的，但也全当助兴了，早上酒醒了，抽自己俩嘴巴子，事也就过去了。再说了，他们也不是特朗普，私德触及不到公共利益，听不下去了就走人，省得买单了。

但放到公共空间对着几十万粉丝说这些话，既不能给日本代购事业加分，也暴露了自己心智不成熟的一面。文明在于：看到了男女之事不堪的一面，还是愿意相信并歌颂它应有的美好，而不是物化它、丑化它、利益它。

有些中老年男人，往往不自知，觉得这是自己活明白了，没羞没臊特自信，一张嘴往外蹦的都是金句，眉头一皱就是白岩松，手指的方向就是康庄大道，往那一站就是青少年的灯塔，过了穿开裆裤的年纪，却爱说露阴的话，真的不体面。

　　悲哀的是，有些男人成长为老男人，格局已定型，视圈子为全世界，迷信丛林法则，不再相信任何美好的事物，人生座右铭就浓缩成俩字：套路。

王宝强的手段，苏享茂的困境

关于婚姻这件事从未像今天一样复杂。

我爸当年用一辆凤凰自行车就把我妈拉回家了。

而如今，你岂知卧榻之侧躺着的人是牵手一生的伴侣，还是步步为营的精算师？

娱乐圈的事，无心人看的是八卦，有心人看的是教学片。大众大抵是无心的，痛骂两句马蓉就散了，只有谈资，没有教训。以为教训只是王宝强的吗？不，这应该是新时代年轻人都该补上的一课。

苏享茂事件一出，大家就觉得程序员傻。怎么可能？谁骗到池建强的钱了？

"傻子"在所有行业都是正态分布的，网红圈按理说都是人精吧？什么样的妖怪没见过？但李雨桐还是被薛之谦算计了。娱乐圈按理说都是脏水里蹚出来的，随便拿出一个都是"套路宗师"级别的，但王宝强还是被玩得溜溜转。

这些都是水面上的，包括不算公共人物的苏享茂。程序员主宰世界，在群情激昂之下，他这一方的声量也算不低了。那些农村的呢？骗彩礼、骗婚、骗房子的多了去了，找谁说理去？

你别看咱们中国人把婚事看得比天大，其实一点都不庄重。在 low 到地表的司仪的撺掇下，啥海誓山盟都敢说，还是前一天晚上在百度上现查的。你没有宗教约束，你都不敢对着上帝发誓，婚姻在中国就是螺丝找螺帽，资产并购重组。

这世上，有人输得起，有人输不起。王宝强输得起，马蓉和宋喆吃多少就得吐出多少，说不定还得吃牢饭。薛之谦输得起，背后公关团队，养兵千日就是为这一天扭转乾坤。苏享茂输不起，他用最决绝的方式、最程序员的方式做出了反抗。

有啥用啊？正义会迟到，但你人都没了呀。中国人不习惯找心理医生，没有行业互助组织，没有专门的律师，遇事就死谏、死给你看，太缺乏疏通的管道了。

我相信你也没有。中国是熟人社会，你遇事更爱问酒肉朋友，你得到的最好建议就是"好好休息，明天说不定就好了"，而不是专业、有针对性的策略。未来，律师、心理医生、家庭医生、理财顾问，你可能都得需要。坑多，你才更需要预防，才更需要专业的打理。

社会激变，行之千年的礼俗会逐步瓦解，婚姻的存续及可替代性会越来越成为摆在人们面前的重要课题。我觉得苏享茂这种人，不结婚也没什么，但社会评价让他必须去世纪佳缘像超市购物一样觅个伴。焦急、焦虑、压力会让正常人的心智失常的。属于你的幸福，没人和你争，你处处看啊，用心、用智商去考量啊，急不得。

你订阅了几百个情感号，天天被煽得欲死欲仙，可能依然过不好这一生，河里淹死的都是会水的。每个人的境遇都不一样，哪有给你对症抓方拿药的？说到底，人生，历练。历练嘛，最好的老师就是你心里的伤疤。"求仁得仁，亦复何怨？"奔着套路去寻爱的（譬如网络相亲），那你最好搭建"防火墙"，这没什么丢人的，"谈钱伤感情"是过时的，你不谈可能真就丧命了，套路觅之，套路应之。

"骗婚"终究是小概率的事，心态阳光点。大多数人和我一样，用传统的方式牵手一个传统的姑娘，用尽力气把彼此都"骗"老了。

家乡是否

在逝去

我们是回家过年的最后一代人

眼看快要过年了。我今年因为各种乱七八糟的事耽搁，都没怎么好好出去玩。所以好不容易有个春节七天假期，就寻思别回家过年了，带着父母出国溜达溜达。跟爹妈一说这事，我心想，这不得夸我孝顺、有出息吗？结果，我被拒绝了。他们有他们的顾虑，因为背后有个大家族，百十口人，他们是老大，方方面面都需要打点、操持，逢年过节礼数更是多了去了，就更走不开了。

他们走不开，我能自己出去玩吗？那也太不是人了，我下不了那狠心，所以赶紧订好回家的票。我算是个比较开化的人，讨厌一切繁文缛节，讨厌礼节性的亲情，但过年还是要回到传统的规制中，没办法，这就是我们这代人的宿命。年纪和我相仿的人应该有同样境遇吧——打心里不愿回去，但身体却不由得很诚实。

我想，我们应该就是回家过年的最后一代人。大城市的人可能还好点，对于我们这种小城走出来的80后来说，背后都有一个庞大的家族，每个人都像候鸟，平日里在外头飞着，过年返巢，围着一张桌子叽叽喳喳，好不热闹。

说到这，我就想起我奶奶，她有九个子女，她在世的时候就特别爱张罗，腊月里开始挨个给孩子打电话，恳请他们大年初二必须回来聚聚。你想想，九个子女，子女的子女，好嘛，两张桌子都摆不下，够老太太忙活的。但是，她忙得开心，彻夜准备食材，甚至我都怀疑"初二的约定"成为支撑她一年的信念。后来奶奶去世了，再也没有人有那样的权威和号召力了，完整的家宴已经消失很久。

大家庭就会生成一种以亲情为纽带的"集体意志"，而春节的走动、聚会、家宴就是"集体意志"的产物，家乡则是不可替代的载体。但我们的下一代可能就完全不同了。

他们不再有"大家庭"的概念，普遍独生子女，甚至就是两口子为一个家庭单位，没有错综复杂的家族脉络，算起来，六个人就是一个家庭，去哪过年，六个人在一起就是家，就能乐和起来。

而且对于他们来说，"家乡"的概念土崩瓦解了。以前都叫"寻根"，未来，随着城市化运动，下一代人早已完成迁徙，根扎在了北京、深圳，甚至是纽约，tony就是tony，不会是二狗子，家乡不再是远方，而是一个"飞的"就能到达的地方。

再有，下一代人面对的是足够开明的父母，是经受过"逼婚"摧残的我们。我们经历过痛苦，必不会让孩子再受二茬罪，我们也会逐渐明白尊重个体意志，不再用陈腐的观念束缚孩子。那时，父母是足够独立的父母，有支配自己生活的财富，养儿不再为防老，别说孩子回家过年，老子过年还想出去玩呢。

年味越来越淡，等到我们下一代的时候，"年"或许已经失去了它应有的意义，它只不过是个悠长假期而已，它不再附有回归、维系亲情等崇高的特质，人们越来越享受生活，而不是把它攒到岁末的那一刻。

我的回乡见闻

最近不少自媒体人开始交作业了，写了不少返乡见闻，而且得出了一些宏达的结论。看上去特别可笑，为什么？因为你只是个体的局部感受，忽视了中国农村发展的多样性。你一个西北农村的感受能和温州农村的感受一样吗？显然不一样，那你为什么得出堪比农村1号文件的结论呢？

我也写写我的返乡见闻，我只写故事，不讲结论。

我的家乡是连云港市灌南县硕湖乡三合村大庄，典型的苏北农村，但我不在那儿住已有十来年了，我现在的家在县政府对面，属于新城。灌南县原属淮安市，后来划归了连云港市。不少老百姓对这样粗暴的行政划割不满意，为什么？因为在淮安人看来，连云港人不咋的，刁懒馋滑，而且灌南作为一个出海口，如果还归属淮安的话，它的地位会提高很多，不会如现在这般不尴不尬。

灌南县原来是中国的贫困县之一，现在据说摘掉了这个帽子，本来是挺令人高兴的事，但有些干部不高兴了，因为没了这个帽子意味着少了很多国家扶持资金。但在我看来，摘掉是对的，就我目所能及，灌南实在不配贫困县这个帽子了，因为比灌南贫困的县城太多太多了，起码比我见到很多公众号里描述的那些农村都要好。

纸面上来讲，划归连云港市，有得天独厚的优势。连云港，有山有水，亚欧大陆桥东桥头堡，陇海铁路的起点，直连丝绸之路，一颗苏北明珠在整个苏北城市叨陪末座。一手好牌打成这样，官员无能当然首当其冲。

说完大环境，随后进入细微层面的讲述，可以用几个关键词来串联。

聚会

这次回来，我参加了高中聚会，一张桌子十来个人，这是最好的局，人一多，有些老同学都没讲上一句话，反而没意思了。十来个同学呢，两个学霸在华为，我和在上海的一个同学从事和互联网沾边的工作，其他都在县里当公务员。这桌饭是县城的同学招待的，喝的酒也是他们带来的，包装却有点意思，是放在普通的纯净水桶里的。酒是好酒，为什么如此包装呢？国家管得严，员工福利，只能偷着、暗着发。嗨，我真是见识了什么叫上有政策、下有对策。

在老家混的同学发展得都不错，我说"不错"的定义是什么呢？并不是说企业融了多少钱，产品改变了人类什么的，而是居有屋、行有车、吃皇粮、妻儿环伺、数代同堂。反而我们这些在北上广打拼的，理想与情怀直冲天际，却形单影只的多。当然了，每个人的人生目标设定不一样，对幸福的理解也不一样，这没有三六九等之分，而不幸福的根源通常就是理想与现实的差距。每个人都在社会中找到了自己的位置，这就是最好的，去了北上广，哭诉这个城市没有灯光属于你，我反而觉得矫情了。

教育

这次回来，我去了我的高中母校——灌南高级中学转了一圈。当然，现在这个校址已经是新的了，旧址已经盖上了商品房，所以我无法透过窗户看到安静的座椅想起沸腾的高中生活。细细想来，从我小学、中学再到高中，母校都已不存在了，它们湮灭在这个小县城的复杂变迁里，无处凭吊。

我们那届应该是那所高中最后的荣耀了，再后来几无听说有学弟学妹考上清华北大，为什么？因为优秀的生源、师源大量流失。在灌南，不消一小时车程就有连云港、淮安两市的"好学校"，而且它们还挥舞钞票，竭尽所能招募优秀生源，于是县里稍微有点家底、有点企图心的孩子都去那儿念书了，在灌南读书反而成了没什么出息的事。老师出走，更好理解，有着特级教师、高级教师职称的去苏南、长三角，能挣更多的钱。于是，灌南就成了教育洼地，形成恶性循环，再无奇迹发生。

教育的坍塌对一个县城的影响可想而知，起码那些学子对家乡的认同感没有了。不过有个有意思的现象，东北等地的老师来这个城市教书的反而越来越多。

房地产

大量农民涌入这个县城，我每天回家都能看到周边又涌起了新的楼盘，而这些并没有什么投资价值。为什么如此兴盛？首先，房地产对于县域经济的影响巨大。其次，城市的扩大，让很多农民失去了土地，不得不进城。再次，在县城有个房，是青年男女婚配的必要条件，很多农民咬牙也要给儿子在县城买套房，不然后果很严重，尤其在攀比严重的苏北。

虽然新小区如雨后春笋，但在我看来，灯火亮着的不多，在这座外出务工人数居多的城市，这倒也是正常现象。春节在装修好的房子里住上一周后，留下爹妈和孩子，奔赴长三角。

而在真正的农村，在如火如荼的新农村建设大背景下，建房是需要得到上头批准的，高宽占比、式样必须接受统一设计。

堵车

灌南县城只有一条贯穿全城的中心路，狭窄。新来的书记烧的第一把火，就是把这条路拓宽了些，但在我回家为数不多的出行中，它给我的记忆就是堵、堵、堵。

"堵"是近年来才有的现象，因为车越来越多。按理说，汽车在这座小县城并不是最经济、最便捷的出行方式，但架不住"车"成为人们完成财富积累后消费的首选目标。

没有车是会被笑话的，没有车是娶不到媳妇的，没有车左邻右里会怀疑你的成功。所以即使去500米外的超市，很多人也要开着车。打工回来也要开着车才算衣锦还乡。而这座城市道路的建设没有考虑到这个变化，相应的停车场所是缺乏的，加上不规范的行车操作，更增加了道路的拥堵。

得说一句，所见的车并不贵，这个县城首先考虑的是有没有，然后才是贵不贵，我想讨论这个话题的时机近在眼前了。

阶层流动

看了很多"见闻"，都说中国社会的阶层固化，不见流动，我倒是没有太强烈的感受。就我所见，稍微有点主观能动性，哪怕认定卖苦力的，都能获得预期内的回报。我有个表弟，农村的，在常州打工，一个月四五千块钱，已育有一子，按我们北上广的标准，这怎么活啊，但我从他脸上没有读出苦大仇深，他聊工作、聊工友，非常快乐。我另一个表弟，也是农村的，初中辍学，不事生产，竟以在家看喜羊羊为乐。我观其身形佝偻，眼神暗淡，家族上下对其也是叹气不已。

这种判若云泥的差距显然不是阶层的问题，而是自身认知的问题。不鼓吹知识改变命运，知识只是让你在命运面前多了一种选择而已。知识不高也不要紧，你努力，就能活得好一些，这是最现实的。

坦白讲，有些偏远地区，在我看来就是不适宜人居住的，再大的领导去慰问一百次也没有用，哀叹也没有用，你能做的就是通过努力走出大山。

消失的家乡话

　　那天我起了个大早准备收拾行囊赴京，拉开窗帘一看居然下起了雪。听爸妈说这个冬天家乡别说雪，连雨都没下过，我心想咋和北京一个臭毛病？结果到京一看也落得"白茫茫大地真干净"，我曾经绝望地认为康师傅的事尘埃落定前盼不到下得这么认真这么有态度的雪了。

　　我在家待了有一周，主旋律就是吃饱喝吐睡足抢够，翻看了三本书，基本未碰公众号，最后一点你们不觉得特别难得吗？除夕咱中国互联网也不消停啊，微信红包这事不该对人民群众解读解读吗？京东赴美IPO（首次公开募股）这事你坐地都得评头论足一番，否则就是消防队员不救火你擅离职守啊！我不是没挣扎过，结果左手搭着右手的背说了一句：兄弟，其实咱们除了狠抽键盘的脸外还能剥瓜子啊！

　　其实回家的痛苦不仅仅是从三表老师变成三胖子那么简单，

而是这一年你做的那些引以为傲的事儿可能只有朋友圈给你点赞的那些人懂。就说微信红包这事，根本不用青龙老贼兜头泼盆凉水，我大年初一就冷静下来了，因为我除夕扔在高中同学群里的红包到了一周后还剩8个没人抢！细细想来不可能是我人缘不好或人品差，这春节我被拉进了太多的群，见多了红包面前一笑泯恩仇的事儿了，就算是巴以那么深的矛盾、3Q^①那样的血海深仇，大家都是先抢了再说！后来我这暴脾气忍不住，揪住了一个同学问了问："是我的钱沾满了无产阶级的血和泪吗？"人家的答案让你听了后那股邪火准能从嗓子眼下沉至肛门扬长而去。他们压根不会！我手指都快按痉挛了，我那也算受过高等教育在外企工作的亲姐姐压根儿还不知道抢红包这事儿，身边的同事也没有在玩的。我长这么大终于懂啥叫冰火两重天了。

咱先放过这些对互联网不熟悉也不感兴趣的选手，就说关注我公众号的订阅者，没吃过猪肉也见过猪跑吧？浸淫我公众号这么久，扑面而来的独立思考、闻所未闻的奇特体位，让大家伙白看这么久，到了你们问我网络支付这玩意安全与否、拆红包是手撕还是刀剪，我的心真是摔得吧唧稀碎！由此看来腾讯财付通方面公布的数据"除夕夜参与红包活动的总人数为482万"是很老实很真诚很自谦的，三观如此正派，离反超支付宝就差红包提现速度再快点了。

---

① 奇虎360与腾讯之间的纠葛由来已久，被业界形象地称为"3Q大战"。——编者注

送钱给群众，群众没反应，群众当然更不会掏钱加入游戏和我们一起玩。我们假嗨了一年，我们狂呼接地气，却发现地气根本不睬我们。我们只是在一个小圈子里完成价值观输入与反哺，等彼此瞅着都烦了，也就完了。所以今年我更要做视频了，深入田间地头。人们需要快乐。群众需要的是易小星，公关公司需要的是三表老师。我要当快乐的扑棱蛾子，不对，是快乐的天使！

快乐的天使是不是需要一口"牛利"的普通话，这让我很困惑！三表龙门阵去年被诟病最多的一点就是阿表的普通话，有些观众恨不得出钱帮我报个班，可见令人发指到什么程度了。阿表普通话不好是有历史成因的，我来自连云港市灌南县，那里的人平翘舌不分，前后鼻音趋同。我生活中第一次大规模使用普通话是在东北上学时期，准确地说我学的是东北话。本来以我的悟性可以轻松突破东北话专业八级，但每次寒暑假回家就又倒退回去了。如此循环几次，我现在的口语就是夹杂着苏北方言的东北话，全国熟练掌握这个语种的据我了解就我和一个北京外国语大学的老教授。其实像我们这种人特别不易，你随时随地需要在两种语言中切换，你和同事正吹牛呢，接了家里一个电话，叽里呱啦说一大堆都不用背着人，放下电话你就得再次转换语言投入未完成的吹牛中，过于频繁的切换有时候会宕机的。

灌南话是一种杂交方言。灌南这地方西周时期开始有人类居住，操的是海西俚语，一直到朱元璋坐了天下。他脾气不好，把苏州的名门望族都流放到咱们那儿。后来徽商们又来这儿做生意炒房。大家搞基的搞基，结婚的结婚，和谐大融合，灌南话最终演变成由苏州吴方言、安徽皖南方言、海西俚语以及北方话共同结合而成的杂交方言。

这还不算完，这个巴掌大点的小县城里的灌南话又分五个方言区，也就是说此镇与彼镇，甚至此乡与彼乡的语言又不一样。我爸和我妈就不是一个方言区的。但这只是语调的差别，还未到听不懂的程度，譬如手机，县城里说"搜机"，别的乡镇说"搜挤"。

灌南话听起来硬邦邦的，适合骂街不适合表达儿女情长。我们的词典里找不到"爱"，甚至同义词都非常少。你要是喜欢哪个姑娘，你只能用"欢"来表达，如果你想进一步表达你霸王硬上弓的心情，那和全国人民差不多——歪告啊（睡觉啊）！

我的故乡灌南其实没什么文化根基，我曾仔细研究过地方志，断定这就是过去当权者流放政治犯的地方，是秦岭淮河以南的秦城与宁古塔！俺们老李家的败类、投降匈奴的李广利当年就是这里的县官、五套班子成员，想想他喊着"倒头鬼啊，借不就晦气木，你末别打鸟，我格拧上阔头还不行哪？"（信达雅的翻译：我真背时啊！倒了八辈子血霉啊！你们别打啦，我向您磕头认输还不行吗？）跪倒在敌营前真丢人呢！可这"史书"上的汉奸居然被做成雕像放在县城的广场上日夜盯着跳舞的老头老太太了，我不知道县太爷们是怎么想的，招商引资需要这张名片？另一方面这也反应我们家乡人才的凋敝，近千年来就出了个李广利和李三表老师，我还没死，所以……

以叛徒为文化名片只是我们灌南地方官的创意之一，最近咱故乡又加了个头衔——二郎神的故里，要不要这么搞呢？市里有花果山、水帘洞我是知道的，咱跟随上级政府的脚步也太紧了。说二郎神当年的单位灌江口正是现在我的母亲河灌河。这亲戚攀得一点儿也不讲究逻辑，整半天我们都是二郎神的后人，二郎神和孙悟空都是连云港人，那他们骂阵用的可也是灌南土话哦，想来也是过瘾。现在县里修建了气派的二郎神文化遗址公园，包括真君殿、慈孝阁、斩蛟台、文展中心、二圣斗变园、天湖园等20多个景点，"以再现历史上二郎神庙的雄姿风采"。那地儿其实我知道，曾经是不学好的青年男女野合的圣地，现在听说香火还不错，只是不知道你们吃了狗肉再去给二郎神上香心里害不害怕！

每个人的家乡都在沦陷，我的小学、初中、高中或消失或易址，农田逐年缩减，新农村建设大干快上，城乡一体化热火朝天，苏北经济快速腾飞，多一个洗浴中心、多一个酒吧，家乡的味道便又寡淡了些。走在大街上、超市里，你听着00后的新灌南人跟着妈妈说着土土的普通话——"妈妈，我要那个瓜纸！"小时候我都说："吾妈啊，姆要那个汪葵阔阔呢。"得嘞，家乡话也沦陷了！

我们全家都是老师

今天是教师节。

教师节比中秋节更让我想家。因为我的父母都是老师。

我妈是小学低年级语文老师，我爸是初中物理老师，都亲自教过我。所以，高中之前，落日余晖下，我走在乡间小道上，每每问自己：我这是回家呢，还是又一次上学呢？

在经济不甚发达的苏北小城，尤其是农村，老师这个职业很辛苦。并不充盈的政府财政收入，导致大批老师时常面临断薪的窘境。另外由于有"公职"这个身份在，亲属若有违反计划生育的情况，他们还要承担"连坐"的责任。

以上状况，都真切发生我在父母身上。此外，和大多数农村教师一样，"教师+农民"是他们的双重身份。也就是说繁重的教学任务外，我父母还得操心收成，夏天插秧，秋天打谷，下了讲坛，直奔田野，处理完被蚂蟥叮的伤口，夜里还得挑灯备课、做教案。

尤其是在我出生之后，情况更复杂了，没人照看我，我妈只好把我带到课堂上。她在那边教学生 b、p、m、f，我则躺在柳藤编织的"窝篓"里呼呼大睡，学生诵读的时候，她就过来晃悠两下。我现在能吃文字这碗饭，或许和这段经历有点关系呢。

我妈1978年成为一名"民办教师"，每个月工资15元钱，补贴家用，在接济庞大家族的小字辈后也就不剩什么了。虽然随着国家经济好转，她的薪资水平也略有提升，但终究幅度不大，因为她是一个"民办教师"。

所谓"民办教师"，那是特定历史阶段因师资力量不足形成的产物，通俗点讲就是"没有编制"，更意味着无保障，说辞退就能辞退了。

虽然"身份"矮人一等，且转正遥遥无期，但我妈并没因此懈怠自己。我现在对她印象最深的一幕，就是她晚上在煤油灯下伏案"刻卷"。"刻卷"是个细活、苦活，现在很多年轻人不懂了。在那个非铅字印刷时代，一张蜡纸下面垫一块窄窄的钢板，用一支细铁笔，在田字格上刻下习题。这活儿特别讲究运力的技术，需要一股韧劲，力量的大小要恰到好处。刻重了，容易把蜡纸划破，油印时会漏油墨；刻得轻了，不把蜡纸刻透又印不出字来。往往一张试卷刻完，天也蒙蒙亮了。

教师不易，做教师家的孩子也不易。乡邻的评价会更苛刻，你行事得有礼节，你不能说脏话，不能调皮捣蛋，不能成绩不好。不然的话，一句"就这还老师家的孩子呢"，杀伤力极大，自己觉得羞愧，父母脸上也无光。

我出生在教师家庭，对今昔师生关系的不同自然更有体会。以前暑假新生入学前，乡亲会把孩子提溜到我家，跟我妈说："我家孩子皮着呢，要是不听话，钱老师，你往死了揍！"

我妈这个人好信，你家孩子不听话，那真会冲屁股踢上两脚的。我也被老师揍过，数学题算错了，眼皮就会被老师揪，丝毫不顾及她和我妈是同事哩。别人回家告状得走二里地，我可是一溜小跑跑到办公室就行了。但我现在依然觉得，适度体罚没什么。

现在家长可不一样了，早几年就没人跟我妈说"往死了揍"这样过命的豪言了。他们恨不得在教室里装上摄像头，每时每刻盯着老师是怎么对自己孩子的。老师不敢管孩子了，不知道是好事还是坏事。

我爸妈退休也好些年了。我曾经问过他们："还想回到学校教书吗？"二老都摇了摇头。多真实的老人啊，干了几十年老师，一身肩周炎这样的职业病，挺想换个活法的。要知道中国是一个特别爱美化教师、医生的国度，不自我感动，既往不恋，挺好，我要学习。

我最替他们遗憾的事是，新农村建设、城市化运动袭来，那些工作过的学校都不在了。他们的记忆没有凭证了，他们找不到那张玻璃板下压着照片的办公桌了。

这种遗憾，连同有我的一份，因为那意味着，我的母校也没了。

现在的校园霸凌

中关村二小"霸凌"事件，各位方家轮番上阵，体位比缴的税还多。这帮人总以为自己指出的道能一劳永逸解决这个问题，其实，儒不行，道也不行，"校园霸凌"一百年也不会变，因为你们是人，都是有兽性的。既然"霸凌"像电线杆上的牛皮癣一样除不掉，那么我们必须要对霸凌进行定性，要发表社论，要区别其中的高尚与龌龊。道理很简单，总归是坏的嘛，那么我们就支持不那么坏的。

我就觉得现在的"校园霸凌"太low了，完全没有章法，内里可能是借助移动互联网的大背景，用智能手机拍摄下来炫耀自己的战功，当个安迪·沃霍尔理论里的15分钟网红。

三表老哥那个时代则不同，我们是上半夜看《古惑仔》下半夜要老板换东洋片的热血80后。山鸡告诉我们"朋友妻不可欺"，坤哥告诉我们"出来混，有错就要认，被打要立正"，浩南告诉我们"我相信我的兄弟是做错事不是做坏事。我扛"。

我们那个时代没有手机，没有微信，也就少了纯粹为网络炫耀而滋生的"霸凌"。我们那个时代"校园霸凌"有点"侠"的意味。什么叫作"侠"，六神磊磊说得好，"侠之大者为国为民"。转换到校园，那就是"侠之大者为校为妞"，有规矩，有壁垒。烂仔只和烂仔火拼，绝不会染指对校园江湖无欲无求的老实人，甚至会为老实人出头，形成集体荣誉感爆棚的"校战"。动我们校花不行，动我们的乡下小孩不行，约个城郊的小树林，带什么人，拿什么武器，说得清清楚楚，一点都不含糊，有里有面。拿尿盆扣一个老实孩子头上？说出去会被瞧不起的，会有人替你出头的。

每座城市都会有校与校之间的CP（情侣档）。譬如我们灌南中学和灌南第二中学就是世仇，就跟利物浦与曼联一样，其间的缠斗代代流传。如果你表现得英勇，平定"边疆"，很可能被隔代指定为"校头"。学生间流传的"校史"远比正经的更接近本来面目。

我记得我高中时在操场踢球，球被另外一个班级的学生拿走了不给，我还挨揍了，我没办法，能去找老师吗？不可能啊，因为那时候没有那么多心理学、情感类公众号指导我们这么做。我找了颇有声誉、屡有战功的一位小哥帮着要回来，结果小哥没搞定，因为对方也不是善茬。最后小哥又找了他的大哥，大哥与大哥之间又进行调停，最终球给我了，打我的人也赔礼道歉了。现在过年回家一聚，彼此莞尔一笑，嗦，我们都有光明的前途。

除了"侠"，还有"礼"。"坏孩子"对爱读书的孩子是尊重的、礼貌的，礼贤下士，圣人垂训，多么朴素的意识。

当然，其中的利益也显而可见，一来享受小弟簇拥的尊崇感，二来实在读不进书，必须找点事情来填补青春，三来掌握性资源的分配权。

"校园霸凌"得分阶段来看。小学低年级的，女同桌坐腿上都不嫌害臊的年纪，没有隔夜仇的。小学高年级，稍微有点意识了，开始拼发育了，被打两下就打两下吧，少吃点亏为妙，就怕孩子心思重，觉得这是多么影响人生的事，有些家长还特别爱介入这些事。初中了，重点是"立威"，第一次被欺负千万不能尿，必须展示自己性格刚强的一面，以后就好多了。如果第一次就认尿了，那就认命吧，你就是尿人，还是少吃点亏为妙。高中阶段，你选择学习还是混，全在自己。大学阶段，那你要是还被欺负，可就不妙了，多半是你自己有问题，不行就报警吧。

现在这个社会"校园霸凌"为什么不好解决呢？首先就是"家乡概念"的土崩瓦解。怎么讲？我上学那时候，那都是一个村的，再大也不过十里八乡，有的还是宗族关系，你家小孩欺负我家小孩了，家长走两步串个门就说开了，有可能两个小孩是一个祖宗，那就更好处理了。现在，譬如中关村二小，你是铁岭花钱买了学区房过来的，我是北京本地人，都住"玫瑰花园"，平时遛狗都见不着，那真就有隔阂。

再有，现在家长知识都学杂了，这个意识那个意识的，孩子间的事动不动用大人的方式去解决，最后加上点"传播意识"，觉得"10万＋"能解决问题，专业的学校不能解决问题，字斟句酌写控诉文的劲头比真正解决问题的劲头还要大。相信我吧，你们家孩子肯定没什么出息，最后他就不会自我解决问题了，他会回来告诉妈妈你快写篇文章吧，我今天又被胖虎揍了。你说，行，让妈妈先思考一下排版。这样的家长太矫情了，我们自媒体、社会人根本不需要中关村二小的道歉，最重要的是你的孩子能尽快找回快乐。你现在肯定每天耷拉个脸，孩子不会开心的呀。

所以综合起来看，现在的"校园霸凌"就是low，道、义、礼一个都没有，打你可能就是为了点击率，娱乐至死。孩子们的丛林法则也变了，就是《老炮儿》里吴亦凡"钱钱钱"那一套，拼爹而不是靠真正江湖淬炼的人格魅力啸聚山林。

将来我有孩子了，我就告诉他一个道理——刚正不阿。方法我不说，你也别找我，你混你自个儿的，我对你们的江湖没兴趣。还得说一句，和以前相比，"校园霸凌"事件不增不减就那些，不要惧怕校园，不要灌输给孩子太多对立、仇恨、防人的意识，冷静一点。他哭着拽着铁门不撒手的那一刻，你就已经不能完全改造他了。

《百鸟朝凤》，下等人的上等坚持

如果没有方先生的惊天一跪，我可能不会去看《百鸟朝凤》。方先生的"跪"出于"义"，而把这种"义"说成是"营销"，并不偏颇，起码让我付出了80元钱。不过要是郭敬明，就算跪，我也死死捂住钱包。

影院的排片确实少，而且是放在票价昂贵且仅能容纳二三十人的VIP厅。我看的那场并没有爆满，三三两两的人互相打量，互致情怀的眼神：哥们，你真识货呢。

这是一部好片子。我判断电影好不好就看有没有情绪、我出了影院是否还在这种情绪中。《百鸟朝凤》就有，直到现在，它在我体内还没走。

故事架构很简单，没有什么枝蔓，家国、情仇全无，单单围绕"焦家唢呐班"的传承，一叙到底。

故事的场景设置在黄河边，却让我的思绪在黄河与灌河两地穿梭。灌河是我的母亲河，吹唢呐这种活也常见于家乡的白事中，我们那称之为"吹吹鸣子"。1994年，我爷爷去世的时候，还有唢呐班子烘托气氛，二里地外的人都能深受其扰。对亲人越是不舍，吹的天数越多，直到出殡那天，孝子贤孙捧着"哭丧棒"，追着唢呐悲鸣的余音，送别亡人，下地为安，任务结束。

2012年，我奶奶去世的时候，唢呐班子已经不存在了，电子乐与穿着奇怪的乡土艺人与一旁肃穆的灵堂构成最典型的中国农村白事的场景。

唢呐匠即使在农村人眼里也是"下九流"，逢婚丧嫁娶，给钱就"出活"，四台、八台这些套餐，完全看你出多少银子。但"下等人"心中却有"上等坚持"，他们自视"匠人"，自有一套规则，譬如师道尊严，譬如数百年一代又一代的传承，譬如对"活"（技艺）的敬畏。《百鸟朝凤》就是唢呐活中的终极大招，只有"班主"认为亡人具备其内心设定的最高道德标准，才会使这出"大活"。

金村的村主任去世了，孝子们央求班主吹《百鸟朝凤》，班主拒绝了，孝子说"钱不是问题"。班主先是沉默，后低声向徒弟们耳语：这村主任排挤走了村里的其他三大姓，他受不起这个"活"。水村的村主任没什么钱，但是打过鬼子，修过水渠，那就配得上《百鸟朝凤》。

唢呐匠不算士人却有"弘毅"的品格，《百鸟朝凤》就是他们的金线，富贵不能淫之。在现代化的农村，当唢呐班与电子乐班唱对台戏的时候，一边门可罗雀，一边门庭若市，当徒弟放弃演奏时，班主一声怒吼："凭啥不吹，我们又不是来舔他们鸡巴的！"随后，一腔老血从唢呐管子里喷薄而出，抵死捍卫匠人的尊严。

可是，吹啊吹啊已经吹不来唢呐的骄傲与放纵了，就像汽车从马车身边飞驰而过，唢呐作为一种活计消失已成必然。影片中班主的徒弟们都外出打工了，二代班主娶媳妇成了难事，西安的老城根下唢呐匠前面放着求打赏的杯子。青山遮不住，毕竟东流去。一钵黄土埋了班主，徒弟在坟前吹起唢呐，影片到此结束。虽没有交代清楚，想来，尽管老班主有个宏愿——黄河边不能没有唢呐——但这也是唢呐的绝唱了。即使文化局的官员衔"非遗"之命上门接触，但"魂"没了，徒留架子罢了。

这部影片的故事竟验证了它当下的境遇，作为一部文艺片，它与时下的流行文化很远，如同唢呐与电子乐的距离。你不能说是电子乐的错、《小时代》的错，只是仅仅不再被大众所需要。可是，正因为有这种"逆时代"的坚持，才让观者有更多商业片无法给予的动容。这种坚持、这种好、这种匠气，就留给懂的人吧。

我在想，自媒体人手中有没有《百鸟朝凤》呢？

永远也追不上时代，所有的明天都会是昨天。平台会灭，工具换新，万籁俱寂，百鸟朝凤。珍视自己的"活"吧，吹唢呐的是匠人，跪舔的是奴才。

娱乐至死

郭富城过河了你还在摸石头

在信息技术革命和全球化的背景下，网红崛起了。

安迪·沃霍尔说：每个人都能在15分钟内出名，每个人都能出名15分钟。

目前的通路和介质非常有利于放大个体的特质，从而满足人们对于爆点和新奇特的追求，找到属于自己的精神投射。而在过去，一个人的爆红与崛起需要孕育漫长的时间，以及立二拆四般神鬼推手的帮助。

网红的崛起本质上是对"权威指定偶像"特权的解构与摧毁。以前人们是通过样板戏、春晚、综艺节目来认知、了解、追随一个偶像，而现在我们通过投票、赞赏、刷鲜花来表达对偶像的认可与爱戴。这种群体力量甚至能决定偶像的演艺生命，譬如SNH48的总决选。

"网红"这个词从诞生以来就迅速被污名化，除了"网络红人"这个最直观释义外，它透出的意思还有：不务正业、哗众取宠、没有内涵、速朽。以前流行的各种"妹"和"哥"，带给人们更多的是高颜值与不光鲜职业身份之间的强烈差异感。一个卖煎饼的怎么这般如花似玉，拍个照发到网上，火了，进而成了有些营销机构模仿操作的范本。前一个时代的网红大多应验了沃霍尔的"成名15分钟"定律，爆火后不见踪影，但网红的进击与反扑也是有的，譬如芙蓉姐姐励志了，罗玉凤当上了凤凰主笔。

但网红的大规模崛起还要从对"网红"这个词去污、正名开始。我们首先发现网红对言论权进行了再分配。你不再去看主流报纸、对于时事热点的评论，而是在一些大号文章出炉后的30分钟保鲜期之内，进行急速转发扩散；你不再去看时尚杂志对于潮流动向的分析，而是愿意听听石榴婆怎么说。诸如此类，人们已经悄然接受一个网络偶像对自己政治观点、生活方式的引导，这是网红崛起的土壤。

越来越多的石榴婆们渗透进我们工作、生活的方方面面，足以证明网红的精神内核在延展并获得了外界的认可。他们不再因为处于某个节点展示了强烈的差异性而被人们记住，路遥知马力，他们更多凭借自己敏锐的视角、真实的态度以及不同于科班化的专业水准赢得认可。网红从现象变成了一种职业，完成了对"不务正业"的正名。

难道不是网红在贡献大量供我们消费的内容吗？现象级作品《万万没想到》就是由一帮网红创造的，网红创造的脱口秀《暴走大事件》在重塑年轻人的三观，还有一些网红在输出生活态度内容的同时也创造了衍生品的奇迹销量，更别说那些站在财富金字塔上游的游戏主播们了。

网红的崛起在世俗社会的体现就是阶层的跃升。吉尔伯特和卡尔将决定社会阶层的因素分为三类：经济变量、社会互动变量和政治变量。经济变量前文已有阐述，网红完成了职业、收入和财富的变化。下面聊聊包括个人声望、社会联系和社会化在内的社会互动变量。

按照门当户对的传统观念，以前人们很难想象一个社会地位高端、声名远播的高阶人士会真把网红娶进门，这会被人们视为衰败的开始。但现在不一样了，王思聪可以和网红交往，天王郭富城公布了与网红的恋情，而刘强东直接把网红变成了太太。阶层的流动性体现在此，网红在完成了财富攫取后，又通过恋爱及婚姻关系对个人声望、社会联系进行提升和固化。

不过网红社会互动变量依然在被外界质疑。郭富城牵手网红这事就有很多网友不理解，以他们看来，网红必然是居心叵测的小妖精，而郭富城是贪恋美色的老糊涂。这样的偏见首先证明了我们压根儿不尊重平等、自由的恋爱观；其次，连女人都认为女人是男人的附属品，女人是用青春、美貌来谋取利益至上的幸福，忽视了我们这些局外人质疑别人爱情动因时的盲目性。正像叔本华说过的：他人的头脑太过恶毒，不能作为我们自己真正幸福的栖身之所。

网友在比较两代天王嫂——熊黛林与网红，以前他们只会比较熊黛林与关之琳的。郭富城已经过河了，网友还在摸石头，多可笑呢。

当然除了婚姻，网红还将踏入更多的名利场，比如与名流谈笑风生、同场竞技，以前他们奋斗一百年都不会得到这样的机会。感谢这个时代，你没有成为网红的技能，但也别错愕网红当下的境遇，当年马车也是看不起火车的。

有人说了，那网红的政治变量呢？我不敢想，也不敢谈，不过倒是有个其他领域的例子可参考：AC米兰球星卡拉泽退役后成了格鲁吉亚副总理。

145年前他们去了美国剪了辫子

一

又到了凤凰花开的季节，莘莘学子该考虑出国深造还是直接就业了。由此我倒是想起另外一件事：2017年是中国向西方输送第一批公派留学生的第145周年。

1872年，清政府先后派出四批共120名学生赴美国留学，这批学生出洋时的平均年龄只有12岁，史称"留美幼童"。

清政府自居天朝上国，物产丰盈，万邦来朝。英国特使马戛尔尼来见乾隆爷，那也被迫在大典时三跪九叩，私下接见时单膝下跪。老大不乐意的马戛尔尼对中国文明的敬意和好感也因而荡然无存，他后来成为主张用武力"教训"清政府的主战派。

恨不得让外国使节叫爸爸的清政府为什么动了"学习西方"的念头呢？原因只有一个：被打怕了。

第二次鸦片战争，清政府吃了大亏，圆明园被毁，拱手出让150多万平方公里的土地，国格沦丧，颜面丢尽。此后，又爆发太平天国起义，面对一群持火枪的农民，惨胜了事，统治根基被大大动摇。

穷则思变，固守陈见，便有覆国之忧，于是清政府把希望放到了一群孩子身上。这个国家太需要"睁眼看世界"的孩子了。

二

"睁眼看世界"何其重要。清政府推行闭关锁国政策，中国人对现代化知识的认知，对世界的认知，基本等同于无。连努力睁眼看世界的林则徐这样的开明官僚，都无法准确说出英国的地理位置，甚至认为英国和俄国接壤。

保守派依然洋洋自大地认为："天下之大，不患无才。何必夷人？何以师事夷人？"这帮人被打了嘴上还不服，于是洋务派的代表李鸿章奋起奇袭，他认为："有事则惊外国利器为变怪神奇，以为不能学。不知洋人视火器为身心性命之学者已数百年。"

那意思就是，你们这帮老东西平时不觉得火炮厉害，被打了就惊呼神奇、以为神器，岂不知洋人早就捅咕这玩意数百年了。

李鸿章赢了。洋务派要设厂、开矿、修铁路、造轮船、搞通信等，都是传统泥腿子老农民听说过、没见过的东西，所以"留美幼童"们需要去学习现代化的科学技术。那时候的蓝翔技校在西方，在工业革命时期的美国。

三

留美幼童之所以能成行，有一个人的功劳万万不可忘记，那就是容闳。容闳是中国第一个毕业于耶鲁大学的中国留学生，他有两件事彪炳千秋：建成了中国近代第一座完整的机器厂；组织了第一批官费赴美留学幼童。

容闳睁眼看了世界，他立下志愿，"以西方之学术，灌输于中国，使中国趋于文明富强之境"。然而践行理想之路何其难，他一度把"西学东渐"的理念兜售给太平天国，然后得到的结果就是获颁"义"字头衔的委任状。"义"是太平军王以下的第四等爵位。容闳要这铁牌有何用呢？此时金箍当头的他心里已是对太平军失望了，甚至认为他们的起义定会以失败告终。

因缘际会，他等来了洋务运动。得曾国藩赏识，他提出的四条救国之策中的"建议选派青年学生去外国留学"，在诸位重臣的联名上奏中得到朝廷批准，按照规划，朝廷决定挑选120名12岁左右的学生，分4年派赴美国，每年30名。经过百般努力，首批30名官派赴美留学生终于招生完毕，并于1872年8月中旬从上海起航送往美国。容闳深埋在内心里近20年的教育理想，终于走出了付诸实践的第一步。

四

留美幼童最大的困难就是"语言关"。他们没有经过英语训练，无法和美国人交流，而且将他们三五人一组分到了美国友人家里，生活上更摸不着门道。但有语言环境的熏陶，也有监督及教习管教，既要学习英文，又要学习汉语，并且以英语为主课。他们年龄小，聪明伶俐，学习英语进步很快。祁兆熙在《游美洲日记》中记述了他访问他的二儿子祁祖彝居住就学的美国人家庭的情景："现即将日用起居，随时随地教一句，写一句。"原汁原味的生活情景式英语教学，成长焉能不快？

攻克了语言关，先进的文明开始迸发魔力。留美幼童很快融入了美国社会，行为举止也自然开始变化。他们参加各种社团活动、体育运动。因为经常运动，开始讨厌中国的长袍马褂。有的幼童则剪掉了辫子。美国社会的交往礼仪耳濡目染熏陶着学生们的内心。当时如果有社交网络的话，这批孩子的大胆举动可能会被一些网友认为是"辱华"吧。

留美幼童得以睁眼看世界，给中国人带来的触动很大。当时的中国工商界代表李圭就认为："闻西国作人，主意不尚虚文，专务实效。是以课程简而严，教法详而挚，师弟间情洽如骨肉。尤善在默识心通，不尚诵读，则食而不化之患除；宁静舒畅，不尚拘束，则郁而不通之病去。虽游览也，必就所见闻令作文。是不徒游览，正用以励学，而审其智识也。且其不赏而劝，不怒而惩，则又巧捷顽钝之弊，亦无由以生。是诸幼童，孰有不就陶熔而成令器哉！"

务实、科学、自由、智识，这就是留美幼童睁眼看世界后所得所获，与处于封建社会的清朝学子所知相比，他们无疑离现代文明更近，也更代表民族的未来。

五

尽管留美计划中途夭折，但四批120名留美幼童中还是出了很多社会中流砥柱，其中有国务总理一人、外交部部长两人、海军元帅两人、铁路局长三人，成材率可谓不低。

幼童们当年不顾风险渡过太平洋，再横越3000英里的美国大陆。他们远赴异国去学习语言、科学及文学。他们为中国同胞做了最佳的见证，他们在商业及友好关系方面，带给中国正确的方向和利益。

六

145年过去了，留学不再是难事、新鲜事。留学干什么？道理与145年前一样，"睁眼看世界"。毋庸讳言，尽管中国在有些领域已经可以傲视群雄，但西方还是有很多先进的科学技术、人文思想值得去学习。

而"睁眼看世界"要趁早，攻克语言关要趁早。我想起前些年因凌辱同学被美国判以重刑的几个中国留学生，他们虽然身居美国，但生活在华人聚集区，学校也是华人居多，数年下来英语都说不利索，自然与外界交流少之又少，于是拉帮结伙，祸害同胞。

这些人和145年前的留美幼童相比，岁数大得多，思想也应成熟得多，但表现却大相径庭，活脱脱像一个又一个巨婴。

听听当时的耶鲁大学校长对留美幼童的评价吧："他们不愧是大国国民的代表，足以为贵国增光。他们虽然年少，却都知道自己的一举一动关系祖国的荣誉，因此谨言慎行，过于成人。"

后辈当努力，不负先贤之荣光。

景甜有什么背景？

在中国，大家说你有背景，那是在夸你、帮你。想一想，如果社会上都说三表有背景的话，那么微信得敬我三丈，我一天想推送几次就几次，写不出来就晾在那儿，气死六神磊磊这些人。广告主的队伍怎么也得排到香河吧，还敢要求转化率？提你一句就是天大的面子了。

你看，说谁有背景岂不就是帮谁吗？至于到底有没有，谁知道个确切呢？大家伙猜起来、打起来，效果才是最好的。这和古代就不一样了。看看人家刘备就很实诚，明着骗你是中山靖王之后，不服能行吗？因为当时就"刘姓牌"好使，认主唯一。

现在的社会，山头主义盛行，凉皮烧烤，各霸一摊。所以你猜张家，我猜王家，他猜刘家，一家比一家谱大，心里都没底，神秘性才更强。如果大家一口咬定背景是陈家，反而心里就不那么害怕了，人外有人嘛，有什么了不起的。

景甜就是这样的神秘人物。我在朋友圈发问："这女的是何方神仙？背景是甚？"哗啦啦四五十个答案，没一个重样的，也没一个好惹的。你以为的不是你以为的，这就显得景甜更传奇了。

这些答案我都不以为然。我认为她能力之外的资本等于零。你先别急，我三表有三个原因加以论述。

首先，景甜还能被讨论、被搜索，甚至被恶意讨论，甚至是负评满满。但凡你们说的背景有一条成真，这些都是不可能发生的，想都别想，号早就被封八百回了，中国茶都让你喝完了，豆瓣早就连锅端了。

其次，如此有背景的人，票房却不咋的，这不符合常理。让你们看看真正有背景的是什么样的：曾经某市委副书记的女儿主演了一部影片叫《时差七小时》，有关部门联合下发文件，要求数十万初中学生安排在上课时间，自费购票观看。景甜主演的《战国》《长城》强迫你看了吗？你停课了吗？你停产了吗？扣你学分了吗？算你KPI了吗？并没有！谣言不攻自破。

最后，景甜至今没有政治身份，那一栏和你一样只能填个清白或群众。文联、青联、政协、人大统统都没份，连"拍案而起"的机会都没有，算什么有背景？最具风向性指标的《建国大业》《建党大业》，有头有脸有背景的都出演了，景甜干瞪眼都捞不着机会，还有什么好说的？

我相信人家景甜可没说自己有背景，而是那些一门心思想讨好上峰的文艺工作者，听信了社会上的流言，使劲给她机会，以此为阶层跃升通路，达到不可告人的目的。景甜演《战国》的时候，跑去和孙红雷说："我不会演戏，你得教教我。"你看看，都把人家姑娘逼成什么样了。这次又逼人家和马特·达蒙演对手戏。朋友们，你们肯定知道，让你和梅西踢一场球那可不是享受，而是满满的跟不上节奏的挫败感和满满的球迷嘲讽。我想任谁，都不愿接这样的活。

那有的朋友就要问了，景甜为什么不出来自证清白呢？张艺谋这个人精连一个演员的背景尽调都做不明白吗？

回答这个问题之前，我给大家讲个故事。明朝嘉靖年间，江南皮革厂有个女工叫朱茹，她老公叫陈二，不事生产，游手好闲。一日，陈二在与狐朋狗友喝酒时称自己媳妇是皇六子朱载坖遗落在民间的女儿。虽是酒话倒也在民间传开了，里甲报给知县，知县报给巡抚，当官的哪能信泼皮无赖的醉话呢？但一合计，觉得这都是一块金字招牌，能换来不少银子和方便，于是主动参与包装"女工公主"的故事，将朱茹奉为上宾，好生伺候，整得那叫一个天衣无缝。

所以，由一个谎言而生的故事调动所有阶层的人加入进来进行创作，那就不是谎言了，是人人沉醉其中、不愿拆破的利益大盘。范冰冰的话题是美貌，汪峰的话题是章子怡，那么景甜的话题就是"据说有背景"，而所有的"我听朋友说，她……""我朋友的爸爸的侄儿是某干部的警卫员，说她……"，都是让这出戏更加出彩的编剧。

娱乐至死　／

而利益之下，景甜要做的就是让"背景女星"的社会认知显得更加确凿。第一是不能有绯闻，不屑于跟男星捆绑炒作，要绷住端庄的气质。第二是不否认、不拒绝。当王思聪说她有背景，她没否认，当网友议论纷纷，她工作室也没撇清。第三，找那种神神道道的账号来扒，说得越玄乎越好，还要保持那种"说了，我吃饭的账号就要被端掉"的战战兢兢感，明明什么都没说，然后所有人就仿佛意会到了似的。第四，不能当段子手，不能指望充愣、卖傻走红，太low，要保持高层次和神秘感。

好一出将计就计。

我们信这个故事，感兴趣这个故事，编织这个故事，说明中国人还是有强烈的"背景崇拜"，毕竟个人奋斗与历史进程的结合只属于少部分天赋异禀的长者，更多人持有这种"崇拜"的背后是对资源分配不均、特权凌驾的不甘。可是，在资源本就不平等的娱乐圈，拼出头是第一要务，那么拼背景就是应有之意，龙哥、范爷背后孰能说无背景乎？

幸运的是，你不得不感谢那些只对娱乐圈有兴趣的权贵阶层，他们安排自己的人登堂入席，抢占银屏，而不是进入绝对垄断区域豪取强夺。前者，我们有选择，不看就是了；后者，关乎你我命脉。

所以，我支持，我感恩，有背景的景甜只是在演戏。

万万没想到，你的梦想6.2分

在《寻龙诀》被刷屏的同时，万万没想到悄悄上映的《万万没想到》大电影在豆瓣的评分只有6.3分（截至本书出版时分数已降到5.5分），按照我的理解可以划归烂片这一档。评分低也就算了，票房成绩也不咋的，只能夸夸易小星有多不容易了。豆瓣上有人恶毒评论："所有参与这部电影的人都应该被终生禁拍。"而我的朋友圈里除了与万和天宜有合作的朋友外，几乎看不到好评。

一部在年轻人中能量巨大、口碑极好的网络剧为什么搬到大银幕上就颓得不行呢？我武断地给个结论就是：网红的影响力是纸老虎，是小范围的狂欢。

易小星作为老牌网红，又捧红了王大锤、孔连顺等新网红，他们在微博上咳嗽一声都有几千转发，去吃个沙县都有人上来合影，但是，视频植入个广告都骂你堕落的抠脚大汉会花钱买票看你的电影吗？你免费逗我们笑可以，想从我们房租里抠出30元钱？没门！留这钱买个网盘会员，什么"东京热"看不到啊？

动辄一个短剧点击率破亿，那都是虚幻的，转化不了购买力的，粉丝的黏性太弱。网红的光环上升到明星的光环要走的路还很长，你的出身决定你不会被主流圈子接受。黄渤、黄晓明、陈坤是有票房号召力的，孔连顺、王大锤是没有的。为什么？你不是科班的，你的可替代性太强了，你的保质期太短；你的作品上星了吗，三线城市的民众会为你买单吗？

同样是网红出身的大鹏，《煎饼侠》的成绩就不错。因为他一直在去"网红"标签。卫视的节目主持着，湖南台的娱乐节目参加着，赵本山这个师父拜着，电影里又有很多明星出演，影响力早已突破了互联网的范畴。

最后说回作品。我相信编出流行24小时的段子容易，但编出一部电影是另外一回事。价值观的两面一个是拜金一个是理想。《煎饼侠》里有草根逆袭的理想，《夏洛特烦恼》有人生的悔悟，《小时代》满足人们对于奢华的极致想象。你把一部15分钟的网剧拉长到充满老梗的两个多小时电影能打动人们什么？你连最擅长的搞笑都没做好，更别奢谈输出什么价值观了，除了那些收钱的影评人，谁会帮你传递好的口碑呢？

网红的创作力总会遇到瓶颈的，因为他们塑造的世界观单一，旗下演员的可塑性有限，能撑四五季的网剧就不错了，况且最新一季的《万万没想到》又遭遇了史上最猛烈的差评，你指望他们再有余力和专业性写出更富逻辑和内涵的电影剧本，那就太不现实了。

所以网红们还是不要有不切实际的幻想，大电影其实就是你网络虚名的试金石，你必须明白这是两个战场，它的规律绝不是线上赚眼球线下吸金那么简单。当然了，易小星团队虽然没达到我们所想象的高度，但相对于普通人起家、小成本制作的背景来说，依然是一份不错的成绩单，或许已经达成了一个土木工程师的梦想了。

吴亦凡的毛发，网红的丝袜

世界越来越虚拟，想不开的人们还试图索取真实。虚拟需要完美的剧本，但人是有漏洞的，所以经常因失控导致幻灭。

吴亦凡撩妹这事儿，在我看来对于一个没有作品的人来说，八卦、秘闻就是维系他知名度的最好作品。"我最爱你的素颜，快被你迷死了。"这种未成年式情话，很水，但是吴亦凡轻启朱唇再加上几个表情包，就能让一个女人跟个白求恩似的，在加拿大、中国之间来回穿越。没有剧本的演出，他百花丛中过，游刃有余，因为这是他的"本我"。等到影视剧里需要"超我"的时候，就不行了。

我国很多"偶像"在工作、生活中都得处于"超我"的状态，不能做自己，一旦做自己，风控不好把握，生理跑得比心理快，祛魅状态下，神采也就和直播平台上谈笑风生的小哥平起平坐。

因为他们在作品上能提供给人的谈资乏善可陈，可供琢磨的就是肚脐眼下面那点事儿。NBA的张伯伦可比吴亦凡猛多了，传说一生中与两万个女人颠鸾倒凤。但作为篮球史上最具统治力的球员，他的这些风流韵事只是佐料，我们评价他是一个篮坛怪兽张大帅，而不是炮王张伯伦。罗纳尔多、小罗纳尔多、贝斯特，用中国老话讲都是"作风不好"的人，而且是嫖娼都能被人妖骗的既蠢又作风不好的人。但是，他们留下的是每一帧都值得细细观赏的绿茵作品，而不是床单上的每一个褶皱和每一根毛发。

我国一些偶像就不行了，你让他们自己介绍自己，都是陪朋友面试被娱乐公司相中的，或者走在大街上瞎溜达，闪了星探的钛合金狗眼，然后一生就活在剧本里了。如果你出道就被定位成"坏男孩"，那睡觉都得向左上角挑起迷之嘴角。我国粉丝也特别逗，听一首单曲就能管人叫老公，还得是国民老公，各种高大全，比当妈的还操心爱豆的衣食住行。偶像的主战场一片荒芜，粉丝只能把边角料当主菜品尝，从而在最不该浪费口水的私域里投入了全部的关注度，释放了一身的能量。

埃里克·霍弗在《狂热分子》里说："只有对我们不理解的东西，我们才会有百分百的信仰。"等你明白偶像是流水线上的产品，明白舞台性格不等于真实人格，明白这是虚拟的，你也是群演之一，就不会对真实感到费解了。

网红也是虚假的存在。前几天新浪微博搞了个网红节，一堆市面上流行的网红都过去站台了。此后有好事者把他们的现场照片与之前的形象照做对比，那意思就是说："呔！妖精！我叫你一声敢答应吗？"这么做大快人心但也挺扫兴的，你们真的以为看客们需要的是真实吗？满屏玻尿酸，一把辛酸泪！其实，大家伙合起来营造的是一个氛围。

埃里克·霍弗在《狂热分子》里又说了："渴望而非拥有，才是人们赴汤蹈火在所不辞的动力。"不管注射了多少玻尿酸，垫高了几寸鼻子，美颜开到了八级还是十级，你作为网红需要竭尽所能来取悦看客。他们渴望的是你精心打扮，送个道具，就能换来你殷勤的问候，这种即时反应很刺激，很能填补空虚。在现实世界，获取这些快感太难了，他们享受这种假意，沉醉于这种虚幻。他们清醒着呢，是你没看懂而已。

我前两天深夜潜进一个直播间，一个女的长得跟洋娃娃似的，和一个男生在连麦（就是一个画面，两个屏幕，两人互动），两人在玩真心话大冒险的游戏，数30，谁输了就得接受惩罚。那一晚我就看那女生智商故意不够用，分别接受了舔黄瓜、抠乳房、交代性史等惩罚。当然她的收益也是丰厚的，你能感觉到每一辆跑车（打赏道具）背后都是湿漉漉的肾上腺素和揉成一团的卫生纸。

我就在想，这玩意有啥用啊？睡一觉之后不觉得自己掏钱买道具的行为很傻吗？后来，我觉得是我太过真实了，人家玩的才叫虚拟。都是套路的世界，在真人秀中感受人性的光辉，在直播秀中感受财富的力量，在明星八卦中感受爱情的真谛，好像你只有加入其中才能掂量出生命的重量。

我直播过一回逛超市，骗了点买菜钱，所以有些自媒体就来问我"成功"的经验，问我上去谈谈自媒体如何涨粉行不行，上去谈谈网红经济行不行。我觉得不太行，因为你们聊得太真实了，太硬太干了，不够虚拟。你没有让人掏出卫生纸的冲动，就不会有人有刷道具的冲动。

前天"新世相"的张伟在×客发起了一个主题直播"凌晨四点的北京"，大型人文关怀，我觉得挺创新的。在站方的推荐下，很快上了首页热门，我围观了一下，一大帮人在问：新世相是什么东西？你是不是给钱了才上到热门的？主播你的牙缝真大，能不能借我插一下？主播你到底在讲什么？

有个ID叫"帅气男人"的终于看不下去了，说："主播我支持你，×客终于有正能量的直播了。"

这时，我看到了正在推荐波伏娃著作的文艺青年张伟脑门上的汗水。我出门右转进了一个"真正"的直播间，女主播斜躺在粉色小床上，摩挲丝袜，评论区满满的赞美和鲜花。

这面叫Angelababy的照妖镜

面对层出不穷的"整容"猜疑，Angelababy先是选择了对簿公堂，进而去权威机构中国医学科学院整形外科医院做了较为全面的检查。该医院院长证实她脸部各部位没有整容。

整个过程被公证员、媒体全程记录，结论材料具备了法律效力，必然会被法庭采信。然而即使是这样，很多网友依然不买账。他们认为Angelababy在去鉴定之前已经把眉骨和下巴的假体取出来了，所以当然不落痕迹了，她还是一个整容女。

说实话，当我看到素颜的Angelababy出现在被媒体包围的医院里，我觉得她就是一个"长得还算不错"的女子，不像是我在影视剧里看到的惊为天人的女子，我们如果在十里堡相遇，我未必会多看她几眼……因为女朋友会生气的。

即使我有这样的错愕感，我还是努力把脑海里那些网友收集的前后对比图剔除，选择相信Angelababy确实是没整容的。

为什么？因为在无法判断网友是否对图片进行了 PS 的情况下，我必须相信更科学、更有力的证据；在网友给出的证据只是建立在肉眼判别的基础上，我必须相信被法律程序认可的专业权威机构；在混乱、无节制的网民狂欢中，我必须相信被媒体检视的程序正义。

唯有如此，在网络舆论盛宴中，人们才能在涉及"名誉权"言谈时更加审慎，网络不至于成为清流，但最低限度也不要成为垃圾场。

唯有如此，在涉及专业度很高的迷案中，权威性、公立性才能得到彰显，从而不至于把这些事交给人民审判。人民是有情绪的，人民存在这样那样的知识架构上的缺陷，人民还容易被意见领袖所煽动。

唯有如此，一个人，我们说一个人，如果不是 Angelababy 这样的大明星，依然也能够找到证明自己清白的方法，而不是依据人民投票的多少来决定，再活在无边无际的猜疑中。韩寒与方舟子之争就是一个多么可悲的案例啊，方舟子恐怕至死也不会相信韩寒没有代笔，而韩寒恐怕至死也拿不出自己没有代笔的证据。相比而言，Angelababy 何其幸运呢！

Angelababy 是面照妖镜，她照出的是那些反智主义者、那些坚定相信有缺陷常识的人、那些蔑视权威又无力战胜和取代权威的人。

这种思维在当下中国网络大行其道，李如一有过很好的概括："不愿意好好弄清楚事情是怎么回事，并且通过行动有意地鼓励大家不要去好好弄清楚事情是怎么回事。"在自己的能力并没有足以支撑理性的思考和完备的逻辑的情况下，否定知识、文化、艺术等事物的现实价值和意义。

我联想到发生在"丁香园"身上的一件事。"丁香园"在一些社区启动了"丁香诊所"计划。这看上去方便居民的事，却在推行过程遭到了巨大的阻力，有些人认为"丁香诊所"的放射科会对他们的健康造成影响。即使"丁香园"出具了权威机构的专业证明，依然打消不了这些人的疑虑，直至放射科最终被撤销。但直到今天，冯大辉先生还是会收到一些居民"立即搬走"的喝令。

还有，那些认为通信信号塔搭建在小区边上会有辐射的人，闹到信号塔搬走了，结果打手机没信号又叫苦不迭。

这些行为，都何苦来着呢？盖因他们摒弃专业、科学等一切智识，固守心中那些陈旧、道听途说、带有迷信色彩的常识。

要求国人都理性起来当然不现实，我只是建议大家在遇到事情的时候，尤其遇到超出你认知范畴的事时，多想一想，别随大溜。言论就像刺，说不定哪天刺伤的是自己。

讲道理

三表其人

摇滚是个啥?

(带着玩具贝斯上)

贝斯压缩再加一点儿,主音调一下过载,节奏干音别太重,鼓手给四下我们开始!

这样算摇滚吗?

(把玩具贝斯狠狠摔在地上)

这样总该算了吧!

第一次摔吉他的摇滚明星是英国"那谁"乐队的主唱汤申德,这个行为被《摇滚》杂志列为"改变摇滚乐历史的 50 个重要时刻"之一。这个典故被广大摇滚青年津津乐道,实际情况呢? 是当时老汤正 solo(独奏)得兴起,朝天一撅琴,结果天花板顶棚太低,琴把儿戳破了顶棚,老汤心里不爽,当场把琴砸了。现场观众先是傻了,随后热泪盈眶,纷纷点赞:"太摇滚了!"对了,还有一个重要时刻就是滚石乐队 1969 年在旧金山开演唱会的时候，保安公开吸毒，吸毒也就算了，他们还殴打观众，太惨了！观众招谁惹谁了？一会儿你们要是发现有神色异常的保安请马上与工作人员联系。

摇滚明星砸吉他要么是因为玩得太嗨了，要么是因为实在不想返场了，要么是因为找不到果儿①太郁闷了！不过实在不能理解的是，代言卫生巾的台湾杀马特汪东城为什么也这样干。和吉他一样适合摔的还有球拍，譬如林丹。

对了，我忘了介绍自己了，我叫三表，是一个自媒体人。我这几天一直担忧的就是怎么向一群摇滚爱好者解释"自媒体"这个概念。后来我终于想到一个极其完美又简单的答案：自媒体人也是人哪，也吃喝拉撒睡，也有七情六欲。

我之前对摇滚了解得比较少嘛，认为性和毒品是它的必备元素，后来想想薛蛮子和李代沫算哪门子摇滚呢？我还曾经认为摇滚就是铆钉、墨镜、文身、烟酒嗓，后来到了东北发现满街都是摇滚。现在有人告诉我摇滚是一种态度。凡事拿"摇滚是一种态度"这句话开头的我就特别鄙视，这样的话我也会说，你们听着哈："人生是一场旅行""起夜是一种坚持""撸串是一种生活方式"。

我想当一个靠谱的脱口秀艺人，关于摇滚我还是做了些功课，至少我不会再把汪峰认成白岩松了，但孙海英和谢天笑站一起我还是得分辨一阵子。中国摇滚的教父是崔健，摇滚神父是左小祖咒，摇滚继父和干爹还在海选中。平常看摇滚，咱们外行也

---

① 果儿，常见于老北京的土话，女孩儿的意思。——编者注

就看个热闹，但如果身边有个妹子的话，我会说，"主唱Key低了""贝斯节奏不稳""吉他solo错音了""鼓麦没调好"。当然，我每天晚上都听着五月天这事儿是打死也不会说的！

后来，关于摇滚我还有一个重要思考，那就是这样的一个现场，每支乐队都要单独架设备、调音，这个过程特别浪费时间，等得人肝疼，你们有没有同感？我有这么个主意，你们看行不行？应该搞成上下双层舞台，这支上面演着，那支在下面准备，一完就升降翻篇儿，跟自动麻将机一样。

摇滚分很多流派——金属、朋克、蓝调、英伦、山地，金属还分工金、农金、滞纳金。我们自媒体人也分流派的，首先是密宗派——专门讲马云都不知道的事，然后是深喉派——讲马云专门告诉他的事，接着是八卦派——讲马云都不堪回首的事。你们觉得我是哪一派的？我自成一派——就是吐槽以上所有的流派！

在座有知道张曼玉的吗？那在座有知道张曼玉也摇滚了吗？她好像签了摩登天空吧，至于玩啥风格还不好说，我个人看好黑金。咱们想象一下，大花胳膊长发盖脸的曼玉姐低头一言不发地站在舞台中央，突然比出中指，以《新龙门客栈》里一句振聋发聩的"我×你爹！"开场，然后疯狂甩头solo，一曲黑金版的《小妹妹我点蜡烛》喷薄而出！——那画面太美，我不敢看啊！

前两天凤凰网为了宣传咱们这个活动，其官微做了一轮造势，文案写得很漂亮，还@了我和大仙、吴虹飞、邵夷贝这些人，看到自己的名字和这些大神放在一起，真是光宗耀祖啊！那

三表其人 ╱

感觉就像什么呢？那感觉就像去超市买了一扎啤酒还送了袋抽纸。对！我就是那袋抽纸。

我从东四环来这儿一趟也不容易，主要是我对象不愿让我来，她总担心我脱口秀脱着脱着就脱到帐篷里了，真是的！现在哪还有这么傻的姑娘啊！不过群众里确实有坏人，有些小伙伴就是奔着姑娘来的，我听凤凰网的工作人员说帐篷外面放着白菜的就表明虚席以待，他们刚才也把白菜分发给大家了。之前我是极力反对这个创意的，我说你们是不是想说"好白菜都让猪拱了"！好吧，既然白菜被赋予了寂寞的含义，我们都是寂寞的人，不寂寞谁大热天挤到这儿来寻找认同感呢？那我们一起把白菜放在头顶，向寂寞顶礼膜拜！我喊1、2、3开始哈！

如果这个世界上没有摇滚，我们的记忆瞬间可能永远被定格在大学时代的小饭馆，漂满辣椒油的牛肉面，各式五元小炒，雨一直下，都是月亮惹的祸，老板娘的粗手麻利地打扫桌上的山山水水。那时刀郎还在采风，杨坤还未失声，阿杜躲在车底手握香槟，迪克牛仔是首席皮裤摇滚代言人。青春萌动，还珠正红。少年心事当拿云，如果云知道。

好了，最后借用"神舟八号"的一句歌词结束我的脱口秀：我希望一辈子不停地说着脱口秀，因为像我这样的穷孩子还能做点什么？

有招想去没招死去

前两天接受了徐达内老师旗下新媒体排行榜（微信公众号：xdnphb）的采访。

榜妹：#标配问题#三表龙门阵是哪一天开始运营的？现在关注者有多少？团队有多少人？大家怎么分工呢？

三表：三表龙门阵是2013年5月13日开始运营的，皇历上显示那天宜祈福、开光。我的关注者有多少了？这比问女性年龄还尴尬呢！现在团队有两三个人（含我），分工就是我主导一切内容，其他人负责对接外围团队（摄影团队等等）。

榜妹：#标配问题#从开始运营到现在，内容模式经历过几个发展阶段？粉丝出现过几次增长高峰？是哪些原因呢？

三表：三个阶段。

第一阶段是信马由缰：完全是写作冲动，文字倾泻的本能在起作用，但已经有明确的风格了，那就是"负责吐槽一切"。这个不是我刻意为之，而是我写字这么多年来一以贯之的。

第二阶段是绘声绘色。著名自媒体人潘越飞入主搜狐IT后做的第一件大好事就是与我牵手，打造一档科技类原创手绘动画脱口秀。我比较追求文字的速度感、爆发力，所以比较适合视频的形式呈现，这在当时自媒体欣欣向荣的背景下算是一种风格化的尝试。

第三阶段是人贱合一。什么叫人贱合一呢？那就是文字、视频、现场秀与个人个性的高度融合，即自我品牌塑造。其实自媒体虽然多，但还不是千人千面，足够差异化、标签化、品牌化才能突围。我试图在受众脑海中建立一种联想记忆，如果大家想到"吐槽""犀利"就能想到三表那就算成功了，一篇文章、一段声音、一个视频，拿鼻子一闻：嗯，就是三表这个味儿！

关于读者增长。我的原罪，不！原始积累，来自所谓自媒体大V的推荐，譬如有"自媒体界蔡康永"美誉的"小道消息"运营者冯大辉先生（微信公众号：WebNotes）、乔布斯往生后最懂Mac的池建强院长（微信公众号：sagacity-mac）就给我带来了种子读者，然后依靠还过得去的内容产生口碑效应，一传十十传百百传千千传万万传十万……子子孙孙无穷尽也！

榜妹：#标配问题#目前的盈利方式是？以后的运营模式会有什么变化？

三表：与绝大多数现行模式相比，稍微健康一些，不过也不方便说太细。主要是视频节目的冠名及不干扰内容本身的轻植入，还有就是品牌代言及现场脱口秀演出的收入。当然了，坦白讲还有一些在群众眼里掉节操的商业文章润笔费（目前比例下降到微不足道，希望直至消失）。

以后的运营模式？我还是想做一个新互联网时代的老手艺人。老老实实地卖一份力气（智慧）赚一分钱，而不是大而无当地靠名气去无节制变现。一定要和自己本身密切相关，譬如卖自己的书、自己的演出卖票、视频卖冠名，不会向自己的目标受众兜售一些其实自己没有深度参与的所谓衍生品。

榜妹：阿表哥毕业于吉林建筑工程学院这么一个纯理工科院

校，而今却变成一个靠笔杆子嘴皮子火起来的文化人，请问阿表哥为什么选择做媒体？

三表：中国人一般有两件事由不得自己。一个是娶妻生子，一个就是选择学科专业，基本都是以爹妈意见为主。我选择工科类建筑院校，并非遵循自己的初心，而纯粹是高考发挥正常，可选择的高校不多，考虑到未来的就业率就上了这么个学校。我的专业是交通工程，通俗点讲就是铺路造桥，造福黎民百姓，毕业时基本会被中铁各种局连锅端，去深山老林，或染一身男性疾病，或成为包工头。一个那时候还没长开还不帅的苏北男子来到东北，四年碰触一个不感兴趣的专业，你要是不愿意就此沉沦，不愿意文个身、戴个金链、夹个小包混入黑道，总得有点什么追求吧？好在我还有码字的欲望，于是我就泡论坛、写球评，试图杀出一条血路。等毕业时，同学们奔向祖国四面八方的工地，我进了一家长春当地的杂志社做了主笔，从此与笔杆子的情缘一直至今。选择做媒体真没有什么匡济艰危、铁肩担道义的追求，纯粹是求生的本能。

榜妹：在《南方都市报》的采访中，你说很多自媒体火了，可是个人没火，而你想要自己也火起来，阿表哥有明星梦吗？

三表：我的第一个梦想是当国家主席，后来大学都没入党，政治生命基本就此完结。我有表演的欲望，打小在熟人环境里，会有一些角色扮演的行为，但本身却是一个闷骚的处女座，常常胸有雷霆万钧，但现实里是吭哧瘪肚，三棍子打不出一个屁。我想和自己性格的弱点战斗一生，当我在2014年北京迷笛音乐节现场以凤凰新闻客户端代言人的身份站上舞台对着二三百个观众表演脱口秀的时候，我觉得迈出第一步并没有想象中那么难。其实也不是想到达通俗意义上的明星那样一个高度，对写作者来说也不太现实。战胜自己，让自己的表达更多元化，在这个群体里有那么点让人记得住的特质我觉得就够了。

榜妹：阿表哥似乎对自己文章的点击量一点不在乎，真的做到了淡泊名利。但是自媒体盈利的需求难免会和点击量、评论量、转发等有关联，阿表哥真的不要考虑一下吗？

三表：不是不在乎，而是认命了，不能为了那点量动摇初心。个人写作者、个人自媒体和编辑号、大号还是有所区别的，写作是你的本能，用文字与世界沟通是你的生活方式，那他就不该用KPI思维做引导，一个独立、风格化的写作者也不该去一味取悦读者。俗话说，除了鸡蛋灌饼还有诗和远方嘛！有的合作其实不是看重所谓的点击量，你让朴树去和TFBOYS拼粉丝量、拼声量肯定落下风，但你让后者去唱《平凡之路》是不是也特别傻？

榜妹：榜妹很喜欢阿表哥犀利吐槽、诙谐调侃的风格，求问这种绝世毒舌是怎么炼成的？

三表：首先，减少利益关联，少混圈子，就能放得开了，不用给谁面子，不用瞻前顾后；其次呢，毒舌背后是独立思考与独特体位，人云亦云的文章就别写了，没有新观点就不动键盘。戳准了叫毒舌，戳不准那叫骂街。

榜妹：阿表哥从坚持自媒体就应该单干到接受风投，其间经历了怎样的心路历程？拿了别人的钱之后，阿表哥会做什么转变？有压力吗？

三表：没什么心路历程，自己没钱干想干的事，别人投钱让我干，我觉得挺好的。也没什么转变，钱不能乱花，也不能拿来买衣服、泡妞，钱还是在账上，有监管，很规范，使用一分钱也得汇报。压力谈不上，就是变得更谨慎了，以前自己意淫有钱了这事一定干得漂亮，等拿到钱了又怕把别人的钱打水漂了。它加重了我思考的过程。

榜妹：阿表哥应该不反对自媒体保持强烈的个人风格，作为号称"吐槽一切"的互联网大喷壶，你对那些千方百计讨好用户的自媒体人有什么想说的？

三表：猫有猫道、狗有狗道，盲人走盲道，八仙过海、各显神通。不能说别人讨好用户就是错的。目标不一样，手段就会不一样。我们这个时代是唯结果论的，你有万千粉丝前呼后拥，在绝大多数人眼里当然是牛到不行的事儿了。你清贫乐道，也犯不上怪别人热热闹闹。群众会盲从但绝不是傻子，我想既然身怀绝技还能跪舔，倒也端的厉害！唯劝告一句：水能载舟也能煮粥，不要被粉丝反噬了。

榜妹：在当下微信公众号日趋专业化，力求在一亩三分地上占山为王的情况下，阿表哥你横跨体育、IT、时事评论等领域，究竟是何"居心"？

三表：人的兴趣不是单单在一个领域，有人看你的公众号，是因为你在某个特定领域钻研得比较深，是有很强目的性的，是能归类出特定人群的，但有个更深更爆的，读者可能拔腿就去别处了。而我希望读者喜欢的是我切入事件的角度，喜欢的是那种阅读快感。人的视野不是狭窄的，人的精神世界是丰富多彩的，公众号也是这样。我记录我的生活、我的态度，展示我的三观，这是三表龙门阵作为自媒体的不可替代性，你不喜欢我，就别看我的公众号了。

榜妹：阿表哥微信上有个栏目是"翻我牌"，本以为阿表哥要卖身了，榜妹打开之后就更震惊了，代骂叫价10亿每篇！不知道后面这单位是人民币呢、Q币呢，还是别的什么币？阿表哥这个栏目纯粹是忽悠大家的吗？以后会不会把这个栏目开发成一个严肃的产品，比如卖个午餐时间什么的？

三表：你可以看成是一种行为艺术。你要知道，每天你打开公众号后台就看到一堆人来询价的，他对你一无所知，你不过是他媒介资源表里的一个字符而已，我就想讽刺讽刺这种现象！如果真有神经病愿意花10亿呢？我不干，那我不成神经病了吗？

榜妹：阿表哥在微信上有视频秀，还有和搜狐合作的系列视频节目吐槽IT界，但是没见到阿表哥素颜上阵啊。以后阿表哥会不会充分发挥自己俊朗潇洒的外表优势去拍个微电影？请阿表哥和小伙伴们聊聊，自媒体人怎么利用个人的形象特质获得更多关注呢？

三表其人 ／

三表：我真人出镜过也现场表演过，过去一个阶段隐藏在屏幕后对我是一种保护，因为我从技能到状态都还不适合一下子蹦到台前。台上一分钟台下十年功，这里头需要一个充足的准备及磨炼的时间。一个私下里吹牛、侃大山到宗师级别的人站到镜头前有80%的概率像个傻子，所以这没有想象的那么容易。我现在仍然在尝试。

自媒体人不应该只拘泥于文字创作，你帅你就大胆秀出来，你胸大就要让全世界知道，你口吐莲花那就别藏着掖着，自媒体不仅是一种写作的解放，更应该是个性的解放，你要找到你的潜能。现在多栖自媒体人太少了，假如有个既能写文章的，也能在YY平台唱歌卖艺，晚上还能到PUB跳钢管的那才牛呢！留给自媒体的红利期不长了。不要甘心做N个平台的专栏作者，而是要跳出既定线路。你写死了，服务器报废了，你啥都没了。失败了怕什么，反正也没那么红对吧？

榜妹：子曰三十而立，阿表哥已过而立之年，对未来有什么规划？三表龙门阵下一步动作是什么？

三表：规划就是早日把自己的模仿类视频节目《三表大焖锅》做起来，丢人要趁早。另外，借助新媒体排行榜超强的影响力，也想招一些志同道合的伙伴——如果你有表演欲又熟悉互联网，长得和某个互联网大佬还有点像，那就不要在别处浪费才华了，快到"锅"里来。如果你腿足够粗，过来让我抱抱也行。